鍛冶屋ではじめる異世界スローライフ 3
クルル
走竜。荷車を牽くのが大好き。
ディアナ
エイムール伯爵家のご令嬢。お転婆で剣術が好き。

魔物討伐隊で
出張工房を開業！

Frederica
フレデリカ
国付きの文官。
魔物討伐隊の装備を
管理している。

Eizo
エイゾウ
モノづくりが趣味な、
猫好きの元社畜。
Rike
リケ
ドワーフで、
エイゾウの腕に惚れ込んで
押しかけ弟子に。
Samya
サーミャ
虎の獣人族で、
エイゾウに命を救われ、
一緒に暮らし始める。

[著] たままる
[画] キンタ
Different world
slow life begun
at the Smith
鍛冶屋ではじめる
異世界
スローライフ
3

イラスト
キンタ

デザイン
AFTERGLOW

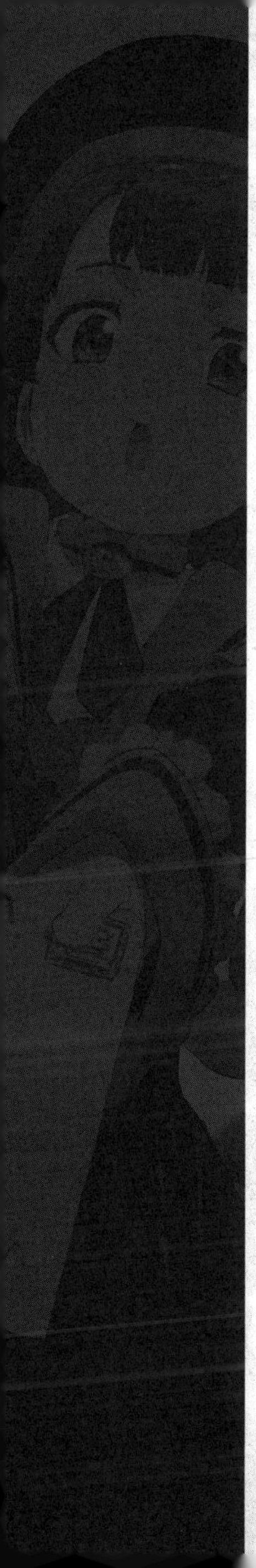

CONTENTS

Different world slow life begun at the Smith

プロローグ

魔族の支配する魔界の最深部にその城はある。それはもちろん魔族の王、魔王の城。

その廊下を一人の魔族が足取りも軽く歩いていた。容姿端麗、というべきだろうその女性であるが、何より目立つのは腰に佩いている〝刀〟だ。

いかなる由縁のあるものか、立派な日本刀が鞘を身に纏い、女性の腰で優美な姿を見せている。

それに目を留める者は少なくない。

今、歩いている彼女に声をかけたのも、そんな一人であった。


「ニルダ」

「魔王様」

ニルダと呼ばれた女性は立ち止まると、膝をついた。声をかけてきたのはこの城の主、魔王その人だ。ニルダと同様、容姿端麗を絵に描いたような姿をしている。

手振りでニルダを立たせた魔王は、ニルダの腰にある刀を指さして言った。

「随分と機嫌がよいようだな。その腰のもののおかげか？」

「ええ。鞘はこちらに戻ってから魔族の職人に誂えさせましたが、刀身は人間族の鍛冶屋に打たせたものです。これが丈夫かつ優美、しかして斬れ味も良いので重宝しております」

「ほう、人間族の」

「はい。何かまずかったでしょうか」

ニルダは眉を下げて言った。それを見て魔王は微笑み、手をひらひらと振ってニルダの心配を否定した。

「いや、そんなことはない。彼奴らがどう思っているかは知らぬが、こちらが殊更に敵視する理由も今はないからな」

魔王は「数百年も昔の大戦の頃ならいざ知らず」とは口にしなかった。先代魔王の時代のことで、現魔王である彼女もあずかり知らぬ時代の話だからだ。

それを聞いて、ニルダはホッと息を吐く。とりあえずお叱りを受けずに済むなら、それに越したことはない。

「見せてもらっても良いか?」

「もちろんです」

ニルダは腰から刀を外して差し出した。受け取った魔王は鞘から抜き放つ。すらりとした刀身が姿を現した。キラリと燭台の明かりを反射して、刀身が煌めいた。

「斬れ味が良い、と言っていたが、これは本当に幾度か斬っているのか?」

「ええ。試しも合わせるとそれなりの回数になります」

「ふむ……」

魔王は再び刀身を見やる。それなりの回数を斬っていれば、いかに手入れをしていようとも刃こぼれや多少の歪み（ゆが）などは出るし、それを直せば痕跡が残るものである。

しかし、この刀にはそれらが全く見当たらなかった。

「手入れはほとんどしておらぬのか」

「はい。全く無用とまではまいりませんが、刃こぼれも歪みも全く起きないので……。錆び（さ）ないように汚れを拭うくらいです」

「ほう」

魔王は目をスッと細める。手入れの必要が少なくて済むのであれば、何かと忙しい自分が持つにも良さそうだ。可能であれば自分も細剣あたりを一振り欲しいところである。

「その人間族の鍛冶屋は、魔族にも武器を打ってくれるのだな？」

「ええ。条件はありますが、〝分け隔てするつもりは特にない〟と申しておりましたし」

「条件？」

「〝必ず打ってもらう本人が一人で森の工房まで来ること〟です」

「そんなことで良いのか」

条件というから、金銀財宝かもしくは絵物語にあるような「その者の一番大切なもの」でも要求されるのかと思えば、拍子抜けするような内容だった。

次にニルダから出てきたのは意外な一言である。

「はい。苦労はしましたが……」

「苦労？　お前が？」

　ニルダは普段魔界と外との境界付近を哨戒している。そのあたりには森が広がっており、この土地に慣れていて、戦闘に長けている魔族であっても危険な生物も少なくはない。

　そこを常に哨戒できる能力を持つことは、すなわち森での行動に精通しているということに他ならない。

　そのニルダが森を抜けるのに苦労するとは一体どういうことだろうかと、魔王が訝しむのも当たり前なのである。

　そのとき、魔王の頭によぎるものがあった。

「まさか、森とは」

「はい。〝黒の森〟です」

　それを聞いて、魔王は深く深くため息をついた。

〝黒の森〟。世界でも有数の広い面積を持つその森の辺縁は獣人達の領域であり、迂闊に足を踏み入れれば確実に厄介ごとになるだろうし、奥へと進めばとんでもなく危険な獣達が徘徊していると聞く。

　そのようなところに一介の鍛冶屋が住んでいる、とニルダは言っているのだ。

　俄には信じがたい話ではあるが、実際に行ったニルダがそう言うのだから、そうなのだろう。

「魔力が濃いのは我らには都合が良かったのですが、狼らが鼻が利く上に頭も良いときてまして……。それに工房には〝人除け〟の魔法までかかっておりました」

それを聞いて、魔王は目を丸くする。

「鍛冶屋の工房にか」

魔王がこのように感情を顕わにするのは、はて、いつ以来であっただろうかと思いながら、ニルダは答えた。

「鍛冶屋の工房にです」

金になるはずの来客を、自ら拒むような魔法をわざわざかける鍛冶屋があるだろうか。何をどう考えても、千客万来のほうがいいに決まっている。

「それにですね」

「まだあるのか」

「報酬はこちらの言い値だそうです」

魔王は今度は呆れかえった。どうやら、その鍛冶屋は自分の常識の埒外であるらしい。であれば、もう理解しようと思うだけ無駄だ。

そう思った魔王は、笑いながら言った。

「おかしなやつだな」

そう言われて、ニルダは懐かしむような目をして返した。

「ええ。本当に、おかしなやつでした」

1章　森の中

〝黒の森〟——そこには危険なものとそうでないもの、両方の生物が数多く棲んでいる。

俺が命を助けて一緒に住むようになった、虎の獣人であるサーミャと、鍛冶屋として弟子入りしたドワーフのリケ、それに俺がお家騒動に巻き込まれ、その解決の流れで一緒に暮らすようになったディアナの三人と〝黒の森〟を散策していた俺は、体が緑色をしたリスを見つけた。

あの緑のリスを見かけたのはそう、この世界に来て最初のことだ。初めて見た生物があのリスだった。

相変わらず、といっていいのかどうか分からないが目立ちにくく、こちらがよく見える位置に移動しようとしたのだろうか、動いたところを俺の目が捉えたのだ。

俺が「リスがいる」と言うと、サーミャはすぐに見つけられたようだが、リケとディアナはなかなか見つけられないようだったので、指を指して教えてやった。

「可愛いですね」

「ああいうのもいるのね。ここには怖いものしかいないって思い込んでたわ」

リケとディアナはリスの可愛らしさにほっこりしている。

「前にもあいつを見かけたことがあるんだが、あいつらは無害なのか？　襲いかかってきたり、毒を持ってたりとかは？」

　俺はサーミャに聞いてみた。最初に見かけたときにも気になったことだ。可愛らしさにほだされた、というよりは万が一を考えて手出しをしなかったからな。

「特に襲いかかってきたりはしないな。毒もない」

「じゃあ、俺達が食べたりしても大丈夫なのか」

　俺の言葉にディアナがちょっと息を呑んだ。ああいうのを捕まえて食べる文化は貴族にはないのかな。

「大丈夫だし、美味いには美味いんだけど、あんまり肉がないからなぁ……」

　そう言ってサーミャは唇を突き出した。何か苦い思い出でもあるのだろうか。

「すばしっこいし、木葉鳥以上に警戒心も強いから捕まえにくいのに、実入りが良くないからアタシはあんまり狙わなかった」

「そうか」

　前の世界だと食材としてメジャーな地域もあったようだが、この森では違うらしい。

　サーミャの場合、狩りはスポーツハンティングとしてのそれではなく、獲れるかどうかが生き死にも関わってくるのだから、労力に見合わない可能性が高い獲物をわざわざ狙わないだけかも知れないが。

　俺達に捕まえる気がないというのを察したのだろうか、リスはしばらく俺達をじっと見下ろした後、器用に枝を伝って木の上のほうへと姿をくらました。

「そう言えば、角鹿ってどんななんだ？　樹鹿とは違うやつか？」

森を歩くときのいつものとおり、ガサゴソ下生えをかき分けながら俺は聞いた。

以前サーミャが、角がここいらの樹木に似た樹鹿の他に、角鹿という名前を出していた記憶がある。

樹鹿は何度も見ているが、角鹿のほうは一度も見たことがないのだ。

街への行き来のときは、余計な厄介事を抱え込まないように出くわす前にサーミャが避けてくれているのであろうが、危険がないなら一度くらいは目にしておきたいものである。

「角鹿はこう、短めの角がまっすぐ生えてて、刺さると危ないやつだ」

サーミャが手振りで角をあらわしていてちょっと可愛い。

「樹鹿も怒らせると厄介だけど、角鹿はもっと気性が荒いんだよな……」

「へぇ」

リケが相づちを打っている。彼女の実家は鉱石を確保したりするのに都合がいいとかで、山がちなところにあるらしい。それもあって森の生物については初耳が多いのだろう。

「うっかり近寄るだけでも襲いかかってくるぞ。たまに返り討ちにあったらしい狼とかを見た」

「うへぇ」

今度は俺である。角鹿も鹿だから草食だろうが、狩ろうとしたら返り討ちってのは恐ろしい。角鹿も必死なのは分かるけどな……。

「お、木葉鳥だ」

現実から目を逸らすかのように枝に目をやると、羽が木の葉に似ている〝木葉鳥〟という鳥が木の実をついばんでいた。

枝の上でじっとしていると大きな木の葉があるだけに見える。

木の上にいるのに木の葉に擬態できるようにまでなっているということは、目が良くて木の上まで登ってくる捕食者がいるんだろうな。蛇とかかな？

「木登りが得意な蛇とかはいるのか？」

「いるよ」

サーミャは当たり前だといわんばかりにあっさりと答える。まぁ、前の世界でも極圏以外のほとんどの地域にいたわけだし、いないはずがないか。

「他にも蛇はいるけど、木登りが得意ってなると、茶色くて枝に似てるのがいるな。結構動きは速いぞ」

「へぇ。じゃあ木葉鳥はそいつの目を誤魔化してるのかな」

「かもな。枝蛇はこの森じゃあかなりおとなしいほうだけど、狭いところが好きだから、気をつけないと荷物に入ってくるぞ」

「えっ」

サーミャの言葉にディアナが反応した。ディアナは蛇が苦手なんだろうか。俺は割と平気なほうだし、サーミャもなんでもないように言っているから、少なくとも慣れっこではあるんだろう。

「き、気をつけるわね」

「おう。でも、心配しなくても大丈夫さ。アタシも何回か間違ってひっつかんだけど、襲いかかってきたりせずにすぐに逃げちゃった。毒もないから、万が一噛まれても平気」

「そ、そうなんだ」

「まぁ、苦手なんだったら気をつけておいたほうがいいだろうな。サーミャも気がつかなかったなら仕方がないけど、あんまり手を出すなよ」

「分かってるよ」

前の世界のヤマカガシは口の一番奥のほうに毒腺を持っている。その毒腺を圧迫する筋肉はないから、一瞬噛まれたくらいでは毒が注入されない。そのせいで長いこと毒がないと思われていたのだ。

枝蛇とやらが同じでない保証はない。噛まれるような行動は、なるべくしないに越したことはなかろう。

「他に可愛い生き物っているの？」

歩きながら、リケがサーミャに尋ねた。

「タヌキと子狼、後は木葉鳥かリスが可愛いけど……」

腕を組み、目を閉じて考え込むサーミャ。脳裏には、森に棲む色んな動物の姿が思い起こされているのだろう。

やがて、パッと目を見開いて言った。

「あー、今ならまだ見られるかな……」

サーミャはそう言って俺達を先導して歩き始めた。どうやら、この時期までの限定品らしい。

ガサゴソと森の中を移動すること一時間弱ほど。サーミャがピタッと足を止めた。目的の場所に着いたらしい。

俺達も止まると、サーミャは手招きして俺達を呼んだ。

声を出さないということは、静かなほうがいいのだろうと思い、俺とリケ、そしてディアナはそっとサーミャのところへ寄っていく。

そして、サーミャが指さした先には、フワフワもこもこした何かが、地面をウロウロしていた。

一匹だけではない。十匹くらいの群れでフワフワ、ぴょこぴょこ、もこもこ、ぴょこぴょこと動き回っていて、奇妙ともいえるが実に可愛らしい光景がそこにあった。

しばらくその光景を眺めた後、俺達はそっと音を立てないように遠ざかる。

「確かに可愛いな。あれはなんだ?」

「ウサギだよ」

「耳の辺りが草に似てるアレとは違うヤツか」

「うん。この時期まではああやってフワフワの毛に覆われて暮らしてる。そろそろ暖かくなってくるし、雨季になると毛が水に濡（ぬ）れて重くなるから、もう生え替わる頃なんだよ」

「へぇ、じゃあ実際にはもっと小さいのね？」

　ディアナがサーミャに聞くと、サーミャは大きく頷（うなず）いた。

「だなぁ。生え替わるとネズミみたいに小さくなる。毛もさほど丈夫じゃないし、肉も少ないからアタシ達獣人は獲ろうとは思わないな」

　フワフワだから綿の代わりくらいにはなるんだろうが、わざわざ苦労して捕まえるよりは飼ってる綿羊の毛でいい、ってことなんだろうな。

「でも、可愛かったですねぇ」

「狩りのときに出くわすと和むのは確かだな」

　そう言ってサーミャは笑った。俺達も一緒になって笑う。

「おっと、結構遠くまで来たし、そろそろ帰らないとダメそうだな」

　木々の隙間からかろうじて見えている日の高さからして、今帰れば夕方には家に到着できるだろう。逆に言えば今帰らないと暗くなってしまう。

　三人の「はーい」という言葉で、俺達は家に向かって来た道を戻っていった。

2章　新たな家族

エルフの宝剣の修復を終えた我がエイゾウ工房は、再びいつもの生活に戻った。

納品物を製作し、一週間くらいごとに街へ納品に行くという、いつもの生活だ。時々はサーミャとディアナが狩りに出て、それを回収しに行ったりもするが、それはそれでいつもどおりである。

そうして少し過ぎたあるとき、俺達は納品しに街へと向かっていた。天気はとても良く、雲一つない青空が広がり、草原を渡る風が気持ちいい。俺達は気分良く荷車を牽（ひ）いていた。

そこへ、普段は目にしない一団が現れた。銀色の鎧（よろい）に街の紋章を染め抜いたサーコートを纏（まと）った集団——街の衛兵隊である。

巡回をしていると聞いてはいたが、こうして実際に目にするのは初めてだな。

「やあ、どうも。いい天気ですねぇ」

俺は努めて明るく声をかけた。衛兵隊は四人で、中には街の入り口で見かけた顔もある。

「ああ、あんたらか」

見知った顔の衛兵さんが朗らかな笑顔で応えてくれた。

「何かあったんですか？」

俺は世間話のついでのように聞いてみる。この人達なら、俺に教えるとまずいことは言うまい。

「ああ」

衛兵さんは一瞬の逡巡（しゅんじゅん）もなく教えてくれた。

「最近、このあたりに賊が出るらしいんだよ。それで巡回を増やしているんだ」

「賊ですか」

「ああ、それがなんとも奇妙な話でなぁ……」

ただの野盗の類いであれば、わざわざ巡回は増やすまい。撲滅はできなくとも、それなりに安全といえる程度の治安を確保できるくらいには巡回している。

「奇妙、ですか」

俺の言葉に衛兵さんは頷いた。

「うむ。襲いはするのだが、特に物や命を奪うようなことはしないらしい」

「襲うのに、ですか」

「何かを探しているようだった、とは聞いてるんだが……。ああ、それでだな、一番不思議なのは襲ったやつの特徴を誰も覚えてないんだよな」

「一人もですか？」

「ああ。顔はもちろん、背格好も覚えてないと言うんだよ」

「それじゃ、探しようがないですね」

「そうなんだ」

衛兵さんはそう言って大きなため息をつく。

「だからこうして巡回を増やすしかないってわけだ」

「なるほど」

「おっと、すまんな。これから街だろう?」

「ええ。いつもどおりです」

「気をつけようがないとは思うが、気をつけてな」

「はい。ありがとうございます」

俺が礼をすると、衛兵さんは他の同僚達と一緒に俺達とは反対方向へ進んでいった。


「どう思う?」

「さっきの話?」

俺はリケと一緒に荷車を牽きながらディアナに聞いてみた。あの街はエイムール伯爵家、つまるところディアナの家の所領である。何か知っている可能性があるとすれば彼女くらいなものだ。

俺が頷くのを見て、ディアナは答えた。

「カレル兄さんに協力していた残党の線はないわね」

「そうなのか」

「もしかしたら、あの件で自分を探しているかも知れないって思ってるでしょ?」

「ああ」

〝あの件〟とは、エイムール家の次兄カレルと三男マリウスの間で起きた、家督相続に関するいざこざだ。それには俺と、今日向かう先である商人のカミロもマリウス側として関わった。結局のところ、カレルの死という形で幕が下りたのだが。

だから、残されたカレルの縁者が探しているとすれば、俺か、もしくはカミロだ。

ただ、カミロを探し出してどうこうしようと思い、それができるだけの実力があるなら、街の彼の店へ行って「こんにちは」とすればいいだけの話である。

わざわざ街道で探さねばならないとするなら、普段の居場所がよく分からない人間……つまり、俺というわけである。

だが、ディアナはそれを否定した。

「簡単に言えば、そんな凄腕（すごうで）を雇えるだけの余裕が今あるなら、もっと早くに雇ってたってこと」

「なるほど。それはそうか」

ディアナは家督争いのときに刺客に襲われている。いかなる技かは不明だが、自分の特徴を一切記憶させないような凄腕がいるなら、それにディアナを襲わせれば、今頃ディアナはこうして俺と話してはいないだろう。

「そうなると、いよいよもってよく分からん賊だな」

「そうね。まぁ、襲われないようにサーミャにも気をつけてもらう以外ないんじゃない？」

唐突に話が飛んできたサーミャは目を丸くしたが、すぐに微笑（ほほえ）んで、

「任せとけ！」

と力こぶを作り、街道には笑い声が響いた。

衛兵隊の巡回のおかげか、それとも俺達の運が良かっただけなのか、賊に出くわすことはなく、街にたどり着いた。

入り口の衛兵さんの目が普段より厳しかった以外は、平和そのものの街中を進み、カミロの店に到着する。倉庫に荷車を入れたら、店員さんに声をかけてから、商談室に向かった。

いつものとおりにカミロと番頭さんが入ってきて、納品物の量を話し、俺達が買うものの話をする。

それらが一段落したら、確認のために番頭さんが出ていった。その後は世間話というか、ニュースのようなものだ。

森の奥に住んでいる俺は世情に疎い。逆に広く商いをしているカミロは詳しいわけで、その彼から世間で起こっている色々なことについて聞いているのだ。

大半は俺に直接関係のない話ではあるのだが、万が一知らないことで多大な不利益を被るようなことがあるとまずいからな。


「賊の話は聞いてるか?」

「ああ。今のところ、うちにも被害はないが注意はしてるよ」

カミロが居合わせているかはともかく、彼の店の馬車が街と都を往復している。気をつけるに越したことはないだろう。今のところ被害はないとのことなので、安心したが。

「と、そう言えば」

そんな世間話の途中、カミロが立ち上がりながら言った。

「ちょっとついてきてくれ」

「ん？　ああ」

俺達も立ち上がってゾロゾロと先導するカミロについていく。

「そろそろ馬が欲しくないか？」

歩きながらカミロが言う。向かっている先は倉庫ではないようだが、どこだろう。

「ああ。流石にそろそろ人力で牽いてくるのも限界だな。用意してあるのか？」

「まぁ、そんなところだな」

そう言うカミロについていくと、店の裏手にある庭のようなところに出た。ここは表からも倉庫側からも見えにくいところになっていて、おそらく普段は入荷した荷物を一時的に置いておいたりするところなのだろう。

「おそらく普段は」と言ったのにはわけがある。そこにはちょっと普通ではないものの姿があったからだ。

「実際には馬じゃないがこいつを用意した。走竜だ」

カミロが自慢げに言う。そこにはズングリムックリしたトカゲのような生き物——カミロが言う

ところの走竜が、

「クルルル……」

と小さな声を上げながら、こちらをつぶらな瞳で見ている。

「走竜……？」

俺は思わずカミロに聞いた。インストールの知識はこの世界の大まかな地理や常識を教えてくれても、生物なんかの細かいことは入ってなくて分からない。

「ああ。走竜とはいうが、実際にはドラゴンじゃなくて、トカゲに近いらしいんだがな」

デカいトカゲを竜と呼ぶのは前の世界でも似た感じではあったな。コモドオオトカゲもコモドドラゴンとか言ってたし。こっちの世界でも似たような感じなのだろう。


ズングリムックリしたトカゲ、とは最初に思ったが、一番近いのは馬サイズのラプトルかも知れない。映画に出てきたラプトルを丸っこく可愛らしくした感じ、というのが一番近いように思う。もしくは前の世界における西洋のドラゴンから翼を取り除いて可愛らしくした姿というか。

鱗が前の世界のグリーンパイソンとか、エメラルドツリーボアみたいに、綺麗なエメラルドグリーンで、可愛らしさに花を添えている。目はいわゆる爬虫類目だが、つぶらでクリクリしている。

つまるところ、爬虫類を可愛いと思える人なら、相当に可愛いと思える外見をしているということだ。

うちの女性陣でも、少なくともディアナは爬虫類が苦手ということはないらしい。さっきから俺

の肩が連続攻撃を食らっている。可愛いのは分かったから落ち着け。

「この子は何を食べるんだ？」

姿からは草食っぽい感じを受ける。肉食だと肉を食いちぎるから、顎や首の筋肉が増えてあまり首が長くならない、みたいなことを聞いた記憶がある。

ただ、こっちの世界の生物が前の世界のような進化をしたとは限らないからな。

魔力なんてものもあるし、そもそも同じ進化をしてきたのならエルフや獣人、ドワーフは存在しないし、俺はまだ見たことはないが、ドラゴンがいるって話もある。

「なんでも食べる。そう聞いて、ここに来てから肉や飼い葉なんかをやってるが、どっちも食べた」

「そうか」

まさかの雑食である。うちの周りは森で草もあるし、肉の調達もできるから、食わせるものには困らないか。

もしくは猫みたいに基本は肉食だが、植物も食べるということかも知れない。前の世界で豆苗(とうみょう)やバジルを美味(うま)そうに食べる猫の動画を見たことがあるし。

この辺は実際に与えて量を見ないと分からないだろうな。


そうだ、量だ。食う量によってはサーミャやディアナの狩りを増やさないといけないし、カミロのところから飼い葉を仕入れることも必要になってくる。

「一回の食事でどれくらいの量を食べるんだ？」

「うーん、そんなに食わないって聞いていたんだが、ここに来てしばらくしてからもりもり食べるようになったな」

「ふむ……」

環境の変化によるストレスか何かで暴食してるのだろうか。でもそれなら元々よく食べていたのが食わなくなるのが普通だし、しばらくしてから食い始めたってのはつじつまが合わないな。

だが、そろそろ荷車を人間で牽くのも止(や)めにしておきたい。


「最後に、お前のところでは飼わないのか？」

「ああ。うちの規模じゃ一頭だけ走竜がいても仕方ないし、長い距離を常に行き来するには走竜はちょっと目立つからな」

カミロの言う目立つ、は見た目もそうだが餌代が半端なくかかるという認識から見れば、維持できるだけの金を持っていることを示してしまう意味も含んでるな。

一介の鍛冶屋がそんなのを飼ってるのは不自然ではあるんだろうが、せいぜい一～二週間に一回街と家を往復するだけなら目撃される時間そのものは少ない。

興味を持って調べるやつがいても、このところメキメキと頭角を現している商人と伯爵と関係がある鍛冶屋なんて怪しすぎて手を出そうとは思うまい。

「よし、じゃあうちで飼うよ」

「まいどあり。値が張るが、いいな?」

「ああ」

なんだかんだ稼いでいるし、逆に使う機会はほとんどない。我が家の財政はなかなかに潤っているのだ。

「よし、それじゃあ売った。金は次来るときでいい」

「あ、次に来るのは二週間後にしようと思うんだが、かまわないか?」

「かまわんよ。来るんだろ?」

「ああ。じゃあ、そのときに金を用意しておくよ」

「分かった。俺はお前らの荷車を繋げる準備をするように言ってくるわ」

「頼んだ」

そしてカミロは倉庫のほうに歩いていった。


カミロが倉庫に向かって、その場に残った俺達は新しく家族になった走竜を見ている。

「触ってもいいのかな?」

ディアナがおずおずと聞いてくる。

「うちの家族になったんだし、いいんじゃないか?」

俺がそう言うと、ディアナはそっと走竜に近づいていく。走竜はその様子を見ているが、特に身を引いて警戒したりする様子はない。

ディアナの手が走竜の肩の辺りに触れたが、やはり走竜はその様子を見ているだけだ。

「わ、温かい」

見た目は完全に爬虫類なのだが、温かいのか。ディアナがそのまま肩の辺りを撫でていると、走竜が首をぐいっと動かした。

気に入らないことでもあったかと思ったが、走竜はむしろディアナの肩に頭を擦り付けている。やられていることのお返しをしているような、そんな感じに見える。

そのままディアナが頭を撫でると、走竜は目を細めて、

「クルルゥ」

と鳴いた。それを聞いたディアナの目尻が地面につくんじゃないかと思うくらい下がっている。人に触られても嫌がっている様子は全くないな。走竜という生き物自体が人懐こいのか、それともこの子が特別人懐こいのかは分からないが、こうやって触れられるのがストレスにならないのは助かる。

ディアナが触って大丈夫そうだと分かると、他の二人もおずおずとだが触りに行った。やはり走竜は嫌そうにはしない。触っている人に頭を擦り付けたり、小さく鳴いたりするだけだ。

俺も首筋を撫でてみる。触ると確かに温かみを感じる。普通の爬虫類なんかとは全然違うのに、触り心地は蛇のそれに近くてスベスベだ。しばらく撫でていると、俺の頭に自分の頭を擦り付けて、「クルル」と鳴いていた。

やがてカミロが戻ってきて、繋げる準備ができたと言う。

「とは言っても、お前らが家に帰るまでもてばいいってくらいのものだから、家に着いたらちゃんとしてやれよ」

「分かった」

どのみち、そろそろ修繕が必要だったし、走竜を繋ぐのであれば走行速度が上がる分の振動を抑えるため、板バネ式のサスペンションなんかを搭載したいから、都合はいい。

「装具はおまけしといてやるよ」

「おう、助かるよ」

カミロの店の店員さんがおそらく馬用のだろうと思うが、荷車と繋ぐための装具を走竜に装着していく。このやり方は覚えておこう。

とは言っても、見ているとめちゃくちゃ複雑なわけではない。最初の一、二回は手間取るとは思うが、すぐに慣れるだろう。ふと見ると他の三人も真剣に店員さんの作業を見ていた。

倉庫のほうに走竜を引っ張って行くと、人間が牽(ひ)くための取っ手の横棒が除去され、無理やりだが走竜と繋ぐための棒が二本延長されていた。なるほど、こりゃあ急ごしらえだな。

走竜の後ろから覆いかぶさるようにして荷車を持っていき、走竜の装具と接続する。これで簡易の馬車ならぬ竜車の完成だ。御者台はなく、荷車の荷台に置かれた箱に座って操縦することになる。

今日の御者はリケだ。実家で馬車を操ったことがあるのは彼女だけだし、俺もチートの範疇(はんちゅう)には含まれていないだろうからな。家に帰ったら折をみて皆練習したほうがいいんだろうな。

カミロから今日の売り上げを受け取り、買った品物を荷車に積み込んだら、全員で乗り込む。リケが手綱を走竜の体に当てると、「クー」と一声鳴いて、ゆっくりと歩き出した。流石に重いのか最初はグッと力を入れる感じだったが、動き始めたら足取りが軽やかになってきた。

進んでいく車の上から俺はカミロに手を振って別れを告げる。いつもは俺が荷車を牽いているから、この光景は新鮮だ。これからは度々目にする光景にはなるのだろうが、なかなかに感慨深いものがある。

街の中をゆっくりと竜車が進んでいく。やはり珍しいのか、注目を集めている。余計な詮索をしないでいてくれると助かるんだが。

街から街道に出ると、リケが少し速度を上げさせた。荷車の揺れがそれにつれて酷(ひど)くなる。耐えられない程ではないが、やはり早めに板バネ式のサスペンションを搭載して快適にしたいところだ。

乗り心地はよくないが、快適な速度で進んでいるのでだいぶ気が紛れている。

「楽だな」

「そうねぇ。歩かなくて済む、っていうのは乗り心地を別にしても楽は楽ね」

「あとはこいつがどれくらい物を運べるかだな」

サーミャがディアナに続けて言う。

「少なくとも人が二人で運べる量に、俺達が乗った分は余裕ってことになるが、上限はどれくらいなんだろうなぁ」

それを受けて俺は答えたが、まだまだ余裕があるのか、それとも限界なのかは試さないことには分からない。わざわざデッドウェイトを運ばせる気にはならないので、どこかで試す機会ができたら、ということにしよう。

そんなことを話している間に、森の入り口へたどり着いた。俺とリケの二人で荷車を牽いていたときと比べて倍近く速い。この分だと家に着くのもかなり早くなりそうだな。

森の中を竜車が進んでいく。そもそも荷車のときにも普通に通れたので、ここが通れるかどうかはあまり気にしていない。

それよりも、走竜がこの森を怖がったりしないかのほうが心配だった。今のところその気配はないが、森に棲（す）んでいる獣の気配に怯（おび）える可能性があるなと思ったのだ。

「さすがに熊とかが近寄ると怯えたりするかな?」

俺はサーミャに聞いてみた。

「走竜は知らないからなぁ……。でも、その可能性は高いと思うぜ。ここらの熊は凶暴で強いしな。って、エイゾウは戦ったからよく知ってるか」

「まあな」

もはや懐かしささえ感じるほどだが、ギリギリの戦いではあった。チートがなけりゃ、あのとき確実に死んでただろう。

「じゃあ、走竜が怯えたら要注意ってことか」

「そうなるのかな……？　まぁ、そうなったらアタシも気がつくだろうけどな」

「そりゃそうか」

俺達の中でもサーミャは一番鼻が利く。走竜とどっちが鼻が利くかは不明だが、致命的なことになる前に気がつくのは確かだ。

今のところはどちらの鼻にも危ないものは引っかかっていない。狼達の獲物になるような〝弱いやつ〟でもなければ、襲ってくるものが少ないこの森は街道なんかよりむしろ安全だ。

森に入って道が無くなり、地面の様子も街道とは段違いに悪いが、なかなかの速度で竜車は進んでいる。つまりは揺れも相応に酷いということだ。人が牽くより格段に速くて、そんなに長い時間この状態でないということが救いだな。

荷物については多少気を使う必要があるが、外に転げ出たりというようなことも今のところはない。どれもそのまま積んでいるわけではなく、樽や箱に入れている。

それでもガタンと大きく揺れたりすることはあるので、サスペンションの装着は早めにすべきではある。俺達の腰や尻のためにも。


やはり、いつもよりかなり早い時間に家にたどり着くことができた。乗り心地を別にすれば、随分と楽なことには変わりない。もっと早くに導入すべきだったとは思うが、こういうのは実際に体験してみないとなかなか分からないものである、と言い訳しておこう。

　リケとサーミャが走竜を馬車から外している間に、俺とディアナで荷物を家に運び込む。外すときにはもう一度装具の付け方を確認するよう頼んでおいた。前の世界ならスマホで写真を撮って状態を記録しておけるが、この世界じゃそれもできないから覚えるよりほかない。

　自分達の体を綺麗にするのと一緒に、走竜の体も温めの湯を含ませたあと固く絞った布で拭いてやる。「クルルルルル」と鳴きながら目を細めていたので、気持ちは良いようだ。

「よしよし、今日は頑張ってくれてありがとうな」

「クルルルル」

　ペタペタと首筋を軽く叩いてやると、走竜に顔をベロンと舐められる。ネコ科の動物みたいに舌がザラザラしていないので、柔らかくてくすぐったい。

　その後、空いていた樽に水を入れて持ってきてやる。まだ昨日の肉で塩に漬けてないのが少し残っているのでそれも一緒だ。

「ここらの地面に生えてる草は食べられそうなら食べていいからな。あまり遠くには行くなよ」

　俺がそう言うと、走竜は分かったとばかりに一声鳴いた。あたりに草はたくさん生えてるし、大食いだとしても食いつくすことはないだろう。

　俺はもう一度走竜の頭を撫でてから、家に戻った。

　その日の夕食時、話題はやはり走竜の名前の話である。いつまでも「走竜」呼ばわりもできないしな。

「そもそも雄か雌かも分からないんだった」

カミロに聞くのを忘れていた。聞いても「分からん」と言われるような気はしないでもないが。哺乳類のように外形的に判断できる特徴は見ていない。体の大きさからいって、あればすぐ分かっただろうし。

「そうなると、どっちでもおかしくない名前よねぇ」

ディアナも思案顔である。

「馬に名前をつけるときのお約束みたいなものはないのか？」

「ないわね。聞いた中で一番凄いのは他所の国の貴族が持ってる馬で、ヘニング・ヘルマンⅢ世かしら。名馬の子孫ってことだったみたいだけど」

馬なのに家名プラスⅢ世とは恐れ入る。安い買い物ではないし、気持ちは分からんではないが。名前だけ聞いたら「侯爵閣下ですか？」とか聞いてしまいそうだ。

「エイゾウは何かいい名前ないの？」

ディアナが無垢な瞳で聞いてくる。俺は苦笑した。

「俺は遠慮しておく。そこのセンスが壊滅的なんだ」

「親方の唯一の弱点ですね」

「前に聞いたときも酷かった」

腕組みをしながらサーミャがうんうんと頷いた。ネーミングセンスだけは本当にどうしようもないんだよなぁ……。

こうして、しばらくはああでもないこうでもないと続いたが、

「クルルって鳴くから、クルルで良いんじゃないのか？」

サーミャがそう言った。雄だった場合にはちょっと可愛らしい響きだが、違和感はないな。凝った名前のほうが違和感がある。

「良いわね」

「クルルちゃんが似合ってると思います」

ディアナもリケも特に反論はないようである。

「じゃ、クルルってことで」

こうして走竜改め、クルルが我が家の一員に加わった。

「それで、クルルを雨ざらしにはできないし、屋根と壁だけの小屋を作ってやろうと思うんだが」

このあたりは雨もしょっちゅう降るわけではないし、木々である程度遮られはするが、家族を雨ざらしというのもかわいそうだ。

俺の提案は特に反対する者もおらず、翌日から総出でクルルの小屋を作ることになった。いつ雨になるかはまさに神のみぞ知る、だからな。

寝る前に皆でクルルに名前が決まったことと、おやすみを言いに行くと、クルルは「クゥー」と一声鳴いて、地面に丸くなって目を閉じた。前の世界なら確実になんとかグラムに上げている光景

だ。

　俺は肩に相当数の連続攻撃をディアナから食らいながら、家に戻り翌日の作業に備えるのだった。

◇　◇　◇

　明けて翌日、朝一の水汲み(みずく)に行こうとすると、クルルがもう起きていた。ウロウロするでもなく、座ったままじっとしている。

　俺が近づくと、頭をゆっくりとこちらに向けた。

「おはようさん。一緒に水汲みに行くか？」

「クゥ」

　クルルはゆっくりと立ち上がる。

「おっ、じゃあちょっと待ってろ」

　俺は慌てて家に戻り、水汲み用の瓶(かめ)をもう一つ持ってきて、クルルの首元からぶら下がるようにした。

「きつくないか？」

「クー」

「よし、それじゃあついておいで」

　俺がそう言って先導すると、ゆっくりと後をついてくる。走竜に散歩がいるのかは分からないが、これから二週間は街へも行かないし、毎日こうやって多少なりとも運動させてやったほうが良いのかも知れない。とりあえずは今日往復して様子見だな。

いつもと同じくらいのペースで進んで、湖にたどり着いた。俺は顔を洗ったりするのをここで済ませてしまうことにする。四人で桶に並ぶと結構狭いんだよな……。

クルルの体も改めて拭いてやった。ついでに目や鼻のあたりをチェックして、人間でいうところの目やにや鼻水が出てないかを確認する。特にそういうものもなく、健康ではあるらしい。

そう言えば、走竜が風邪とかひいたらどうするんだろうな。専門の医者がいたりするんだろうか。人里離れたここだと呼んでくるのも一苦労だからなあ。人間（獣人とドワーフを含む）が病気になったときのことも少しは考えておくべきか。

俺もクルルもさっぱりしたところで、水を瓶に汲んでいく。クルルに運んでもらう分はとりあえず瓶の半分くらいにしておいた。

「重くないか？」

「クルル」

「じゃあ、今日はそれだけ頼むな。帰ろうか」

クルルの様子を窺いながら家に戻るが、特にふらついたり立ち止まったりといった様子はない。明日はもう少し運ぶ量を増やしてみるか。

「ご苦労さん。また明日も行こうな」

「クー」

クルルの首から瓶を下ろしてやる。明日も行くことを聞くと、心なしかクルルも嬉しそうにしているようなので、やはり毎日連れて行ってやるのが良さそうだ。

瓶を下ろしたクルルは昨日やった肉の残りを少し齧る。見てみると昨晩も今齧ったくらいしか食べてないようだ。

一食あたりであの量しか食べないとすると、明日までは余裕でもってしまうな。大食いだと聞いていたが、そうでもないのか？

それとも、カミロの店の環境でだけの話だったのだろうか。そんなに食べないと聞いていた、と言ってたし、これが本来の分量である可能性は高い。

一緒に水汲みに行った様子からしても腹が減って仕方がないという感じでもなかったし、様子は見るとしても大きな心配はしなくても済みそうだ。

クルルにまた後で、と言い残して俺は家の中に戻った。


朝飯やなんやかんやを終えて、今日の作業に入る。遅くとも一週間以内にはクルルの小屋を建ててやりたいところだ。文字通りの掘っ立て小屋だし、すぐに建てられるとは思うが。

中庭に面するところに柱を立てるための穴を掘っていく。道具は特注モデルに仕上げたショベルである。この辺りも土は固めだが、特注モデルと増強された筋力のおかげで早く穴が空いてくれた。

小屋の広さはクルルに来てもらっての現場合わせにした。クルルがゴロンと横になってもまだまだ余裕がある広さにしておいたので、そこそこ広い。

掘った穴に柱にする木を引っ張ってきて立てる。ロープを掛けて引っ張るのはクルルも手伝ってくれたので、かなり捗(はかど)った。俺の筋力がいくら増強されているといっても、走竜みたいな〝専門家〟には敵(かな)わない、ということだ。

柱を立て終わると、今度は梁(はり)を渡していく。梁といっても立派なものではなく、最低限建造物としての構造を保てるようにするためのものである。チートを使って噛(か)み合わせを上手(うま)く作り、釘(くぎ)も併用して落っこちてこないように固定する。

屋根の棟木やらを組み上げると、小屋の外形が見えてきた。後はここに屋根板やら壁板やらを張っていくわけだが、その前に小屋の床に穴を掘ったときに出た土を敷いて、周りの地面よりも少し高くしておく。

こうしておかないと、肝心の雨が降ったときに水が流れ込んできてクルルが困ることになるからな。

部屋を作った経験のあるサーミャ達もいるし、運搬はクルルがいるので、建築作業はかなりスムーズに進んだ。

それでも普通に考えたらこんなペースで建築は無理だが、そこはチートさまさまというやつではある。

　この日はここまでで日が暮れてきたので、板張りをするのはまた明日だ。俺はこの日の作業終了を皆に告げた。


　クルルは飼われていたにせよ野生にせよ、やたらと賢い。細かいところまで理解しているかは不明だが、少なくとも何を言われているかまでは理解している。

　そもそもの希少性もさることながら、値が張るというのはそんな理由もかなりを占めているように思う。

　まぁ、それを省いても、もうかなり可愛く思えているのは事実だ。

　家畜のための小屋というよりは新しい家族の部屋――掘っ立て小屋の離れではあるが――を作る気分になっている。

　明日には完成させたいな。そんなことを思いながら、夕食の準備に取り掛かるのだった。

◇　◇　◇

　翌日、起きて水を汲みに行くとき、またクルルと一緒に向かう。クルルには今日、昨日よりも多い水瓶の四分の三ほどの水を運んでもらったが、まだまだ余裕そうだ。これなら一杯に入れても十分運べるだろう。

今日の作業は基本的に板を張っていくわけだが、大きさに合わせた板を切り出すところからだ。これは俺とサーミャが材木置き場で行う。どんどん板を切り出していって、小屋までは他の二人とクルルが運んでいく。

クルルが運ぶときは板を口でくわえて、結構器用に持っていってくれるのだが、最初のうちディアナがやたらハラハラしていた。

子供を見守る母親のようである。気持ちは分からんでもないが、多分そんなに心配しなくてもクルルは平気だと思うぞ。

チートで作った特注モデルのノコギリを使ったので、板はあっという間に量産できた。木材がそこそこ減ったが、なんだかんだで確保するあてはある。

それに今までだと少し遠くへ行って切り出してくる、なんてこともしなかったが、クルルに運んでもらえればそれもできる。どこかのタイミングで多めに確保しておくのはありだな。

そうしてできた板で壁を作っていく。凝ったことをするなら、柱に溝を掘って板をそこに嵌め込むとかそういうことをしたほうが良いのだろうが、今回は急ぎでもあるし、普通に柱に板を打ち付けるだけにしている。

ただし、壁は完全に覆ってしまうのではなく、上のほうは空けておく。屋根の庇がかかるようにするので、雨が直接は吹き込まないはずだ。

屋根自体も板葺きにするが、雨漏りなんかは雨のときに確認するしかない。板と板の端が被るようにはしていくので、おそらくそんなには漏れてこないはずだ。イメージ的には日本であった栩葺が近い。

あそこまで手間のかかることはできないが、同じようにすれば近い効果は得られるだろう。

バタバタと作っていったが、手分けの効果とチートも合わさって、日が沈む前にはなんとか形ができた。

柵やドアは作らなかった。正体不明の賊が万一このあたりに来た場合を考えると、作ったほうが良いのかとも思ったが、人間（か獣人かドワーフかはたまたエルフかリザードマンか）であれば柵やドアを作ったところで意味はないし、クルルも賢いので別に作る必要もないだろうとみんなの意見が一致したのだ。

前の世界みたいに繋いでおかないと違法なんてこともない――いや、竜を飼育する場合の法律は前の世界にもなかったが――ので、完全に出入り自由の放し飼いということにはなる。

一応は小屋の体裁が整ってはいる。しかし、こう入れるだけ、といった風情ではある。十分時間がとれそうなときにここを物置に改築して、ちゃんとした畜舎（竜舎？）を別に作るのもいいなぁ……。

「クルル、今日からここがお前の部屋だ」

ペタペタとクルルの首筋を軽く叩きながら言うと、

「クルルル」

クルルは中に入ってぐるぐると回り、ゴロリと横になると、

「クー！」

と鳴いてフンスと鼻息を出した。どうやら気に入ったらしい。気に入ったんなら良かった。急ぎでも作った甲斐がある。

「寝るときや、雨のときはここに入ってね。何かあったら家の壁を叩いてくれたらいいから」

ディアナがクルルを撫でながら声をかける。クルルは言われたことが分かっているのか、

「クルル」

と返事をした。

なお、今回はディアナと離れていたので、俺の肩が無事であったこと、併せてご報告を差し上げたい。


夕食時、みんなで話し合って今後の予定を決めていく。次にカミロの店に卸しに行くのは二週間後くらいだから、日数的な余裕は若干あるものの、今のうちにやっておきたいことが山ほどあるのだ。

俺はとりあえず急務と思われる荷車の改造を今後四日ほどかけて行い、その間リケ達には通常の仕事——板金や一般モデルの製作、狩りや採集、畑の整備をしてもらう。

俺は荷車の改造が終わり次第、普段の鍛冶の仕事に戻ることにした。

◇◇◇

翌日もクルルと一緒に水汲みに向かった。今日は家から出るとそこでもう待っていたので、水瓶を渡してやった。来て三日程度だが、クルルの中でも習慣になってきたらしい。

今日は水瓶いっぱいに水を汲んでクルルに持たせたが、問題なく運んでいる。重い荷車を運んでも大丈夫だったのだし、これくらいは余裕か。

「今日もありがとな」

「クルル」

俺とクルルは連れ立って家への道を戻って行くのだった。

今日からは予定どおり荷車の改造を行う。今の荷車は前後に車軸が一本ずつ通っていて、その両端に木製の車輪が備わっている方式の単純なものだ。

この状態だと、地面の凸凹を車輪が拾い、それがそのまま車軸、荷台へとダイレクトに伝わっていく。

極端な話、一センチの小石が延々と落ちていたら、その上を通るたびに荷車が一センチ上下することになる。このときに速度がついていればその分勢いよく、かつ早い周期で上下するわけだ。

それでは乗り心地も悪いし、積んでいる荷物に振動が伝わると荷崩れの原因になったりもする。

そこで、車輪が拾った振動を荷台まで伝わらないように吸収する仕組みを取り付けることで、乗り心地の改善などを図る。つまり、それがサスペンションの役割である。

サスペンションを搭載するのに一番簡単なのは、車軸と車体の間にバネを挟み込む方式だ。間のバネが、地面からの突き上げがあった場合には縮み、そうでない場合には伸びることで、地面から荷台までの距離が一定に保たれる。

しかし、これでは曲がりにくい。前輪は車軸からアームを伸ばして、そこに車輪をくっつける方式のほうが良さそうだ。この場合、バネは車輪のあたりに搭載することになるだろう。

自動車と違って、車輪自体が向きを変える必要はないし、前輪でも後輪でも動力の伝達は考慮する必要がない。その辺りの設計が楽なのは助かる。

あとは無理やり延長されている、クルルとの接続部分の作り直しが必要だ。

となると、荷車も荷台部分と車輪を再利用するくらいで、その残った部分もところどころ補修が必要だったりするから、全体を作り直すのとどっちが早いかと聞かれると、今回はギリギリ残すほうってところだな。

次に考えるべきは板バネの材質だ。普通に考えれば鋼を使ったほうが良いのだろうが、この辺りの木は堅いし、木をバネに使うことも不可能ではないとは思う。

チートを使えば板バネに使える形を、木で作るのは容易い。問題は金属製の板バネが世間に出回ってもいいかどうかだ。

少し考えた末、結局木製にしたところで、それを見た誰かが鋼に置き換えて作ったら同じこと、というのに気がついたので最終的には鋼で作ることにする。

ただし、形状試作は木で行うことにした。いくらチートがあるといっても大きさの調整なんかはそれなりに手間だからな。木製なら愛用のナイフで形状を変えるのは簡単だ。


今日からリケ達が板金を作っているはずなので、多く作ってもらうよう頼んでおく。本当は自分で作るべきなんだろうが。俺がそう言うと、

「いえ、こういうのを親方から言われてやるのが弟子本来の仕事ですよ」

とリケにフォローされた。すまんな。


クルルの小屋を建てたときに大量に作った板材の余りを割って細長くした後、長さを変えた板を作る。湯を沸かして板を曲げ、それらを重ねたら原理的には板バネ式サスペンションに使われるものとほぼ同じものにはなる。

試作品なので真ん中あたりを釘で留めて、倒れないよう台座代わりの板に固定する。板バネの上には別の板を置いて、更にその上に小さな樽を置いてみた。

板を片手でそっと支えて、もう一方の手で樽を上から押す。すると、グニッとした手応えがあり、

離すと樽がポヨンと弾んだ。バネ自体の形としてはこれで良いわけだ。

この一連の作業は生産扱いなのだろう、手早く作業ができた。

どこまでが生産としてチートが適用される範囲になるんだろうな。料理もどうやら生産に含まれているようだし、もしかすると裁縫なんかも入ってくるかも知れない。

洗濯も試したが、他の人がやるのと比べても大して違いがなかったので、流石(さすが)に生産ではないということらしい。

今はこの作業が優先としても、何がどこまでできるのかは把握しておいたほうが良さそうではある。


それはともかく荷車の改良だ。先程の板バネセットをもう一つ作り、丸太をぶった切って車輪と呼ぶには少々雑な円盤を四つ、適当な棒を拾ってきて加工した車軸も二本製作した。

車軸の両端に「かんたん車輪」を固定して、前輪と後輪ができた。前輪と後輪それぞれの車軸に井桁状になるように板を二枚渡して前輪と後輪を繋ぐような構造にする。

これで車軸が回転できれば、既存の車輪の構造と同じものができるわけだ。

それでは意味がないので、後輪は板と車軸の間に板バネが入るようにし、前輪側はその分の高さを稼いである。

これらの作業の細かい部分はほぼチートだよりだ。自分の能力でできるようにはなりたいが、できるようになったところでチートとの区別ができるのだろうかと疑問はある。

元素人がこれだけの作業をホイホイこなせるのは間違いなくチートだと今は言えるが、今後十年二十年やって能力が馴染(なじ)んだときに、はたしてそれはチートと自分の能力のどちらなのか。

……一人で作業していると、どうも色々考えてしまっていかんな。少し休むか。

ふと顔を上げると、クルルがそばで座って作業を眺めていた。今日は水汲(みずく)み以外にしてもらう作業もないからな。

「来てたのか、クルル」

「クル」

「じゃあ、ちょっと手伝ってもらうか」

車軸の間に渡した板の上に更に板を置くと、パッと見は貨物列車の台車のようになった。耐久力はほぼないだろうが、これはこれで簡単な作業程度には使えるかも知れない。

その台車っぽいものに縄をくくりつけ、板の上にさっき使った空の樽を置いた。縄はクルルが引っ張るように、クルルの体にも結んである。

「締め付けられたり、痛かったりしないか？」

「クルル」

「よし、じゃあ庭をぐるぐる回ってくれ」

「クル！」

俺が言うと、クルルは庭を回る。構造が構造なので旋回はどうしても強引になる。空の樽は一度弾むとゴロンと横になって、最初に曲がったときにそのまま落ちていった。

それを見てクルルは止まろうとしたが、

「そのまま歩いていいぞ」

と言うと、再び庭を回り始める。バネの上に乗っている重量が極端に軽いので分かりづらいが、前輪と後輪を比べると後輪がサスペンションが利いた動きをしているように見える。

「とりあえず後輪はあれでいくか」

俺は独りごちたあと、嬉しそうに庭を回るクルルをしばらく眺めていた。

その後も後輪部分の構造を試してみたりして、金属に置き換えたときのベストであろう形を作り出した。あとはこの構造を実際の荷車に適用すればいける……はずだ。

その作業自体は、また明日に前輪部分が試作できて以降ということになる。

なぜなら、なんだかんだでもう日が暮れてきていて、リケ達は今日の仕事を終えているからだ。

クルルはといえば、今日一日遊んでもらったくらいの感覚らしい。楽しいんなら良かった。また明日も手伝ってもらうだろうしな……。

◇◇◇

翌日、昨日組み立てた試作台車の前輪を一度取り外す。昨日作った後輪部分を参考に、更に同じ板バネセットを二つ作る。

簡単にいえば、前輪の左右を独立させつつ、間にこの板バネを挟み込むことができれば、エイゾウ工房特製荷車の基本構造は完成するわけだが、言うは易く行うは難し。それを実現するにはそれなりの苦労がありそうである。

前の世界の知識を持っていて、完成の形をおぼろげでも知っている俺であってもこれだけ苦労するのに、全くの手探りで作った前の世界の人達は本当に凄いな。

色々試したが、「几」という字のような構造の足の先端部分に車輪がついている形が良さそうだ。

文字の上の部分を台車の一番前に、出ている足が左右独立して動くようにし、伸びている足にバネを設置する。足の先に丸太を切った車輪を取り付けたら一応の完成である。

今日もクルルが見学に来ていた——というより本人としては遊んでもらいに来ているのだろうが——ので、昨日と同じようにクルルが引っ張れるようにしたあと、庭を回ってもらった。

「クルルルル」

機嫌よくクルルが庭を歩く。昨日よりはかなり回りやすくなっているようだ。ちょっとした凸凹も多少吸収できているように見える。

昨日の樽は軽すぎたからか、すぐに落ちてしまったので今日は小さい樽に水を入れたものを載せてみる。重量にして一〇キログラム前後といったところか。台車が僅かに沈み込む。

「よーし、これでまた回ってみてくれ」

「クルー」

トットットットッとクルルが庭を回り始める。重さがあるからか、台車が曲がっても樽はすぐには落ちない。

凸凹していると思(おぼ)しきあたりでポヨンと柔らかく揺れている。その揺れで水がこぼれたりはしているが、何もないときのようにガタンと衝撃を受けている感じはない。

見ているとあちこちの負荷が気になるが、荷車に搭載するときはチートを使った特注モデル性能の鋼を使うから、力業とは言えなんとかなるだろう。

板バネを真似(まね)する人には申し訳ないが、懸架方式を含めて、そのあたりの改良は自力でお任せしたい。

前の世界でも「現代技術で再現不可能。同じものを作っても同じ耐久性にならない」みたいなものがちょくちょくあったみたいだが、もしかすると同じような話なのかも知れないな。

この日はこの台車が完成して終わってしまった。明日からは荷車本体に取り掛からねば。

◇◇◇

更に翌日、余っていた板を組み合わせ、荷台として台車に据え付けて小さな荷車として使えるようにした。

オール木製だし、車輪はチートを使ってなるべく円になるように削ったが、丸太の切りっぱなしなので、耐久性や使用感には難が多々あるとは思うものの、ちょっと使ったり、クルルが牽(ひ)いて遊んだりする分には問題ないだろう。壊れたら壊れたときだ。

いよいよ荷車本体の改造に取り掛かる。まずは車輪を外し、荷台の傷んでいる箇所を補修する。まだもう少しは大丈夫そう、というところもついでなので直してしまう。

チートのおかげで、釘（くぎ）なしで板を接いで補修できた。ところどころ色が違うが、まぁこれは味の範疇（はんちゅう）だろう。車輪のほうも傷んでいる箇所は木材から部品を作って置き換える。

ここから先は鍛冶仕事の範疇なので、作業場に入る。リケ達がショートソードとロングソードを作っていた。

ディアナが型を作り、サーミャが融（と）けた鉄を流し、リケが仕上げる。そのおかげか、俺が入った時点でそこそこの数ができていた。

俺は完成したうちの一本を手に取ってみる。まだ一般モデルの範疇ではあるが、もうほぼ高級モデルに近くなっている。リケも確実に成長してるんだなぁ。

「良いじゃないか」

「いえ、まだまだですよ。親方のいう高級モデルを安定して作れるようにならないと」

目標が高いことはいいことだ。あれこれ言うのも野暮（やぼ）なので、俺は「頑張れよ」とだけ言って自分の作業に取り掛かる。

まずは板バネにする鉄の板の作製からだ。板金をいくつか取り出して、そのうちの一つを火床で熱して叩（たた）く。久しぶりの感覚と音が体に響き、思わず懐かしさすら感じてしまう。

その感覚に、こっちに来て一年も経（た）たないうちに身も心もすっかり鍛冶屋になってたんだなぁと、そんな益体もないことを考える。

懐かしい感覚を味わいながら、板金を延ばして細長い板状にしていく。長さや厚みなんかはチートだよりだ。硬さは特注モデルでやる。

鋼をただ延ばすだけではあるので、一本目はすぐに出来上がる。

バネ一箇所あたりに七本ほど長さを変えたものが必要だから、同じようにして延ばしたものを用意した。一番長いものだけは両端を丸めて、小さな筒がついているような形にする。

ナイフを作るときならこのまま形を作っていくのだろうが、今日はこのナイフになる前の状態のまま焼き入れなんかの処理をする。

そう言えば前の世界でも、トラックの板バネはそこから削り出して、ナイフにするのにちょうどいいんだっけか。

今の俺は逆にナイフの材料から板バネを作っている。そう思うと、なんだかちょっと面白い。

板金を延ばすのとちょっとした細工だけだったので、あっという間に作業を終えたが、前輪部分の試作で時間をとっていたこともあって、この日はこれでタイムアップとなる。細かいパーツや組み付けはまた明日だな。

◇　◇　◇

翌朝、水汲みのときに試作品のミニ荷車を使ってみることにした。水瓶(みずがめ)に蓋をかぶせて、縄でミニ荷車に固定する。これは商品運搬のときの、荷車の使用状況の簡単な再現でもある。昨日も実験はしたが、これで問題なければ、実際の使用でも大丈夫という確信が持てる。

今朝もクルルは家のすぐ外で待っていた。クルルにミニ荷車を引っ張るための縄をくくりつける。

「今日はこれで頼むな」

「クルル」

クルルはガラゴロとミニ荷車を引っ張りながら、一緒に俺と歩き始める。中身は空の水瓶だが、空の樽よりは重量がある。結構安定しているし、時々ガタンと揺れる以外では不安定になることもない。

クルルも特に牽きづらそうでもないので、とりあえずは問題なしと判断する。本番は水を汲んだ水瓶を載せてからだ。

湖について水瓶に水を満たしていく。ミニ荷車に載せると、流石に大きく沈み込む。重量としてはかなりあるからな……。

水瓶に蓋をして首の部分に縄を絡ませて荷車に固定する。さあ、これでどうだ。

結論から言えば、ミニ荷車自体は普通に成功できた。蓋をしていて縄で固定しているから水も漏れないし、倒れないのは当たり前なのだが、揺れがかなり少ない。これなら荷車につけたとしても同じ効果が期待できるな。

ただ一つ失敗だったのは、クルルが少しつまらなそうだったことである。どうも朝の水汲みでは荷車などではなく、自分で運びたいらしい。

俺は苦笑しながら、明日からはクルルに運ばせることを約束した。

朝の日課を全て終えたら、俺の今日の作業はパーツ作りだ。リケ達は今日もショートソードとロングソードを作業分担で作る。

今日作るパーツはバネをまとめるものや、バネを荷車に固定するもの、車輪や車軸、台車をところどころ補強するための薄い板などである。ミニ荷車を参考にして、実際の荷車に取り付ける大きさをチートで作っていく。

このチートがなかったら、いちいち寸法を測って作って……とかになっていただろうとは思うが、そこはチートだ。バネを荷車に固定するパーツなんかはそこそこ複雑な形状だったりするのだが、正しい寸法で正しい形状を一発で作り出すことができる。

俺なら仕組みさえ知っていれば、初期の自動車でも作れるかも知れないな。だが、そういうものを作るつもりは今のところは全くない。なるべくこの世界に合わせた良いものだけを作っていきたいものだ。

スムーズに流れる分担された流れ作業の横で、バタバタとワンオフのパーツを作製していく。その正反対の光景が少し奇妙にも見える。パーツの一揃(ひとそろ)いが完成し、俺は「どっこいしょ」と、パーツを抱えて外へ向かった。

部品をバラした荷車のところへ持っていく。今からこれらを組み付けていくが、前の世界とは違う部分があるので、そこはアレンジが必要になってくる。例えばナットやボルトなんかは使わず、ピンや楔（くさび）で補ったりするわけだ。

これらは整備性や耐久性に影響を及ぼす。俺はチートで作った部品と日々の点検でそのフォローをするが、真似する人達には自力で改善をお願いしたい。


まずは後輪から組み付ける。荷台の後ろ側に板バネセットと荷台を連結するための部品を取り付け、そこに一番長い板バネの筒状にした部分が連結されるようにする。

板バネは弓状なので伸ばしたときと縮んだときで、弓でいう弦の部分の長さが変わる。連結するときにはそれを吸収するような部品が必要なのだ。

これは片方のみに取り付け、もう一方は直接荷台と連結する。

板バネセットをまとめるような部品で板バネをまとめて、その部品の一番下にある筒に車軸を通し、両側に車輪を付けたら構造としては完成する。

潤滑油は前の世界でも鉱物油が一般的になる前には使われていた豚脂、つまりラードである。うちの場合は猪（いのしし）脂だが。

あとは菜種油なんかも使えるらしいのだが、うちは猪脂が豊富にあるからな。

一旦ここで前輪を仮に組み付けて（取り付け用の部品は材木を加工した）、引っ張って試してみようとすると、いつの間にか来ていたクルルが鼻息も荒く待機していた。

長い距離を牽いてもらうわけではないので、装具はつけずに縄で代用する。

「痛くないか?」

「クルルゥ」

問題ないかどうか確認してみると、平気そうなのでそのまま庭を回ってもらった。機構自体は上手く動いているが、ところどころおかしい箇所もあるので、外して調整してまた牽いてもらってということを繰り返す。

日が沈むかどうかといった頃にやっと調整が完了した。ひとまずはこれで後輪は完成とする。前輪と装具の連結部分は明日だな。

◇◇◇

翌朝、今日の水汲みはクルル自身に持たせてやった。クルルはご満悦である。

そう言えば、走竜が物を牽きたがったり、運びたがったりするのはなんでだろうな。

賢いので生物としての本能以外の部分でもなにかありそうな気はするが、残念ながら生物学のチートはないし、インストールでもその辺りの知識は入ってないのでさっぱり不明だ。

とりあえずはクルルの機嫌がいいのでよしとする。

前輪部分は多少機構が違うが、作業としては同じである。ネジやボルトの代わりにピンなどで部品を組み付け、調整をする。

前輪は左右が独立しているので、耐久性が必要なところは鋼にしてある。これでも若干の不安がなくはない。なので特注モデル並みに魔力を入れた鋼にしてある。かなりの力業だ。

最終調整は装具との連結部分の改造をしてからになる。取り外した連結部分の形状から、新しく連結部分の部品を作る。ここは木製と既存の部品の流用だ。チャチャッと新規の部品を作ったら、クルルに装具をつけて（慣れてないので時間がかかった）、連結部分と荷車との調整をする。

少し動いては調整、少し動いては調整を繰り返して、やっとクルルがスムーズに牽ける状態になる。次に補修やらをしたときはもっとスムーズにできるようにしたいものだな……。

これで全体の最終調整が行えるようになったので、再びクルルに荷車を牽いてもらう。前輪後輪ともにサスペンションが働いているようだ。

だがやはり少し不具合もあるようなので、止めては調整を繰り返す。納得のいく状態になった頃にはもう日が沈みかけていた。

鍛冶のみの作業であれば、ここまで時間もかからないのだろうが、生産一般のチートは鍛冶ほどの能力はない。こうして試行錯誤を繰り返すよりほかないのだ。

俺は最後に車軸と車輪を留めている楔を木槌（きづち）で軽く打った。これで改良型の荷車は完成だ。

以前より乗り心地は格段に良くなったはずだし、その分速度も若干出せる。街へ行くのに時間がかからないようになれば、その分の時間で他にできることも増えるだろう。

その時間で何ができるだろうか、という幸せな想像をしながら、俺は後片付けを始めるのだった。

◇　◇　◇

荷車は昨日で完成している。リケはリディさんから少し教わった魔力をこめる練習をして、サーミャとディアナは狩りに出ていた。

つまり、今日は獲物を回収する日だ。

五人で回収に行ったことはあるが、今日はリディさんの代わりにクルルが加わる。大物のときは五人でもなかなか大変だったが、クルルだとかなり楽になるのではと思っている。

今回、荷車とミニ荷車は使わない。その場で作る運搬台を家でバラして乾燥させたものが、そのまま材木になるからだ。

湖に沈める場所は獲物を捕らえた場所の近くになるので、毎回少しずつ違う。なので多少の伐採は問題にならない……はずだ。

週一でどこかしら伐(き)っているから、そのうち考える必要が出てくる可能性はあるが。

皆で沈めた場所まで向かって獲物を引き上げ、運搬台を作ってそこに載せるところまでは変わらない。今日からはこれを引っ張るのがクルルになる、というわけだ。

引き上げもクルルに手伝ってもらうことを考えたが、それくらいは自分達でやったほうが良かろうという話になった。

過保護にも思えるが、冷徹に考えても安くはない走竜を使い潰すのは上手い方法とはいえまい。

偽悪的なことを思ってはみたものの、実際のところは、クルルは楽しそうに運搬台を牽いている。これなら今後も連れてきて良さそうだ。


クルルのおかげもあって、いつもより早く家まで戻ってくることができた。

「ありがとう、クルル」

ディアナがクルルに感謝の言葉をかけながら、首筋を撫でる。他の皆も同じようにしていた。もちろん、俺も。

「クルルルゥ」

クルルは目を細めて嬉しそうにするのだった。


引き上げてきた獲物——今日は猪——の解体をする。今日から一部はクルルのご飯になるので、その分は取り分けておく。

なぜかは分からないが、ほとんど食べないといっていいほどの量しか食べないので、今日食べる分と、下処理せずに干すだけの分は別にしておいた。これでクルルの向こう二週間ほどのご飯は確保できた。

草はその辺のを気が向いたときに食べている。毒草がないか気になったが、今のところ調子が悪そうなこともないので、そのままにしている。

なぜほとんど食べないのかは気になるが、栄養素云々とかは考えないことにした。前の世界での知識で太刀打ちできる生物ではなさそうだしな。可愛けれ（かわい）ば良いのだ。

獲物を引き上げてきた日であるので、今日の昼飯はその肉を使った料理になる。ポークステーキでも良かったのだが、今日は焼き肉風にする。いずれ発酵種を使ったパンでカツレツというかシュニッツェルというか、揚げ焼きにする料理にも挑戦したいところだ。

昼飯が終わったら、俺は高級モデルの製作をする。今日から二週間分の在庫を急いで作っていく必要があるからな。

他の皆は休みではあるが、リケは俺の作業の見学と練習、サーミャとディアナは中庭の畑の整備をするらしいので、半分は仕事のようなものだ。

俺が今日作るのはショートソードとロングソードだ。型から出しただけのものをいくらか残しておいてくれたので、それらをガンガン仕上げていく。これが無くなったらナイフだな。

ショートソードとロングソードの作業中、作業場に家のほうからディアナが入ってきた。少し慌てた感じである。確か畑の作業をしていたと思ったが。

「クルルがずっと小さい荷車の前にいるんだけど……」

ああ、そういうことか。動物が見慣れない行動を取っていると、不安になるよな。

「ついてる縄を肩の辺りにかかるようにしてやれば、喜んで引っ張るぞ」

「そうなのね。分かったわ」

ディアナは「すっ飛んでいく」という言葉が似合う速度で飛び出していった。やっぱりあれ、クルルとしては遊んでもらっている認識だったのだろうか。

朝の水汲みは毎日のお仕事、小さい荷車や狩りのときの運搬台は遊んでもらっているという認識っぽい。

大きい荷車はどうだろうな。装具をつけるし、長い距離を移動するから大事なお仕事、と思ってくれたらいいが。

程なく外からは「クルル」と鳴く声と、ガラゴロ荷車を牽く音がしはじめた。

俺はその音を聞きながら、〝いつも〟にまた一つ項目が増えたことを嬉しく思うのだった。

その日の製作数はいつもどおりで、特に多いことも少ないこともなかった。これをブランクがあったからだととるか、ブランクがあったにもかかわらずととるか。いずれにしても予定より少なくなかったのなら良しとするか。

◇◇◇

翌日、俺とリケが鍛冶場仕事、他の二人とクルルは採集に向かった。クルルはミニ荷車を牽いていったようだ。

とは言え、あのミニ荷車が大活躍するような量は流石に採りすぎだと思うので、単に散歩を兼ねているのだろう。

今日はロングソードを久しぶりに型から自分で作ってみる。感覚がもはや懐かしい。できた型に融(と)けた鉄を流しこむ。チートも使ってゆっくりと慎重に流しこんだ。それが固まるまでの間に次の型を作る。

最初はリケがやると言っていたのだが、リケはリケで作業があるのだからと断ったのだ。弟子とはいうものの、何かを教えるようなことは特にしてないしなぁ。

板金を多く作るのは頼んだりしたが、何も教えてないのに弟子だからやれというのは平たくいえば俺の美学に反するのだ。

そんなわけで粘土をこねて雄型に貼り付け、型を作る作業をしたりしているのである。実は雄型はもう二代目だ。デザインは前と変わりないので、何か違いがあるわけではないが。

型に流した鉄が冷えた頃合いで取り出す。うーん、やっぱり俺が流すとそもそもの質がいいな。魔力の量もサーミャとディアナが流したときとは段違いだ。これもチートのおかげか。

このロングソード（とショートソード）単体でいえば、俺が自分で流したものを加工するのが製作スピード自体は一番速そうだ。

だが、もちろん俺は一人しかいない。俺が加工している間に型を作ったり、融けた鉄を流しこんだりといった作業はできないので、その分の効率でいえばサーミャ達に手伝ってもらったほうが結果としては早い。俺一人だけが凄(すご)くても意味のない部分ということになる。

逆にいえば、それこそオーダーメイドの特注モデルを作るときに関しては、俺が自分で一からやるのが、今のところは一番早いわけだ。俺一人が凄ければそれで良い分野だからな。

できたものをリケにも見せたが、

「この出来で仕上げてないと言われても、どこを触っていいか分からないですね」

と言われてしまった。まだ高級モデルの端緒に触れたばかりのリケだとそういうものかも知れない。それでも人間の一般的な鍛冶屋の大半を上回る出来なのだが。


そう言えば、ドワーフの一般的なレベルってどの辺りなのだろう。人間の鍛冶屋の場合、俺の高級モデルでも「都なら同レベルが数人いる」という程度だった。つまりは俺の思う一般モデル辺りが並かその上ということになる。

「そうですねぇ。ドワーフの鍛冶屋で武具を扱っている者ですと、都よりも親方の作るレベルに達している者が十倍は増える感じですかね」

俺が聞いてみると、リケはそう答えた。割といるな。

「ドワーフの場合、魔力とかよりも素材の力を引き出すほうに注力するんですよね。なのでミスリルなんかの加工はちょっと苦手で、銀や金の細工が得意だったりします」

ミスリルは魔力を入れた量で特性が変わるが、その辺りの扱いが上手くいかないと、ただの軽めの鋼みたいなことになってしまう。十分凄くはあるんだが。

「それでも全体的に人間よりは得意です。その得意を探すのに人間のところも含めて弟子入りの旅をするわけですけどね」

「なるほどねぇ」

「ただ……」

「ただ？」

「同じ性能のものでも、親方のように繊細さを兼ね備えたものを作れる職人はドワーフでも数えるほどしかいないでしょう。特注モデルの場合でしたら、伝説のドン・ドルゴでも敵うかどうか」

「凄い鍛冶屋なのか」

「六百年前の大戦のときに神から力を授かって、勇者に剣を打った、って伝説がある人です」


六百年前に魔族と人間やその他種族との戦争があったことはインストールされた知識にあった。

そのときは勇者が魔王を倒したはいいものの、押し込まれていた人間とその他種族側が押し返したところで勇者が斃れ、双方ともに疲弊しきってもいたので休戦になった、というなんとも締まらないというか、現実的なラインの話だったようだ。

リケの話によれば、その魔王を倒したときの剣を打ったのが、そのドン・ドルゴなるドワーフらしい。

「そんな伝説と比肩するほど俺は凄いもんかな」

「そりゃそうですよ。ナイフがあれだけ切れるんですよ」

「ああ……」

そこは納得せざるを得ない。あれで凄くないと言ってしまったら、なにが凄いのだという話になる。

「ただ、ドン・ドルゴが打った勇者の剣、って長さ二メートル、幅六十センチはあろうかという代物だったらしいですからね。オリハルコンだかの神性鉱物だったそうですけど」

「そりゃ何でも斬れそうだ。そもそも作れたのが凄いのは分かるが」

俺は苦笑した。その大きさじゃ、鉄骨を振り回しているのと変わらない。ミスリルの感じからいえば、オリハルコンを加工するのも骨が折れただろうし、そもそもその量を確保できたのも、恐らくは国家単位での後ろ盾があっただろうとは言え、凄いことではある。

武器自体もオリハルコン製でそれをやられたら、色々ひとたまりもないのは確かだ。その勇者というのはえらくマッチョなやつだったか、伝説だし多少盛ってるかのどちらかだな。

「ええ。ですが、親方なら同じ切れ味をより小さい武器で、なおかつ繊細さをもって作れるでしょう？」

「やってみないことには分からんがな」

六百年も前の話なので確認は不可能だが、ドン・ドルゴの魔力を扱うレベルによっては、俺のほうが魔力の扱いに長(た)ける分、同じものでも性能は上にはなるはずだ。

ただ、神様から力を授かったということは、魔力の扱いもそれなりに向上していたと考えるべきだし、俺が比肩するほどの実力かどうか。

せっかく鍛冶屋として二回目の人生を貰(もら)ったわけで、それなりに名の残るような製品というか作品というか、とにかくそういったものを残したい、という欲がないわけではないが、それと相反してひっそりのんびりと暮らしていきたい、と思う気持ちもかなりある。

となると歳（とし）がいったときに「これが俺の作品だ！」と物凄いものを世に出して、その後はひたすら隠遁（いんとん）生活を送るとかがいいのだろうか。世を捨てる前の最後の一振りが最高傑作とか、四十を過ぎても中二心（ちゅうにごころ）が疼（うず）いてしまう話だな。


「伝説ねぇ」

俺はかなり小声で言ったつもりだったが、耳ざとく聞きつけたリケに、

「はい。多分親方はそれになるんだと私は思ってますよ」

と言われ、俺は照れ隠しに作業に戻るのだった。


日が落ちるより少し前、ガラゴロと外から音が聞こえてきた。クルルが戻ってきたのだろう。

ということは他の二人も戻ってきたはずである。

ややあって、思ったとおりサーミャ、ディアナの二人が作業場に戻ってきた。

「おかえり」

俺が声をかけると、別々の「ただいま」が返ってきた。

「今日は何が採れたんだ？」

「主に果実かなぁ。畑に植えられそうなものがないか、探してはみたけどよく分からなかった」

サーミャが答える。畑のほうをなんとかしたいのなら、もう少し詳しい人に話を聞いてみるのが良さそうだが、思い当たる人がエルフのリディさんくらいしかいない。なにかで連絡をとれるようなときがあれば聞いてみるか。

果実のほうは一部を酒に漬けて、残りは早めに消費してしまうことにしよう。食卓が賑わうのは良いことだ。


その日の作業を終わらせて、晩飯の準備をする。今日はハーブも使って猪肉の香草焼きみたいなものを作ってみた。あとはリンゴに似た果物をそのまま出す。

リンゴに似た果物は結構な数を採ってきてくれたので、リンゴ酵母を仕込むべく、いくつかを切って、小さな壺にたっぷりの水と一緒に入れてみた。

壺は煮沸消毒して、水は一度沸かしてある。せめてもと思って蓋をして作業場に置いてきた。上手くいけば良いのだが。これで上手くいけばパンのグレードがアップするので、是非上手くいって欲しい。

晩飯は好評だった。調理法自体はそうそう凝るのも難しいが、味付けはなるべく色々変えたいところではある。バターとかチーズなんかも手に入らないか、今度カミロに聞いてみるとしよう。

◇◇◇

翌日、サーミャとディアナは畑の手入れを引き続きやっている。

なんでも、「エルフの村から、いつ種が届いてもいいように」だそうだ。リディさんと約束した分だな。

今日の俺はというと、鍛冶作業をせねばならない。あと数日後の納品までにそれなりの量の在庫を作る必要もあるし。……合間に見に行くくらいはいいよな？

明日からサーミャ達が鍛冶仕事の手伝いをしてくれるようなので、今日はナイフ作りに切り替えた。剣は途中までは誰がやってもそんなに違いはないので、手伝ってもらったほうが早いからな。

リケも今日はナイフを作るようだ。カミロに聞いた話では売れ行き的にはリケの作る一般モデルのナイフが一番売れているってことなので、数を揃えたほうがいいのは一般モデルのナイフ、ということになる。

逆にいうと高級モデルのナイフは実はそんなに数は出ない。そんな切れ味のナイフを求めている人の数が、他の商品と比べて圧倒的に少ないからだ。

カミロからも「少なくても問題ない」と言われているので、今日は一般モデルを俺とリケが半々ずつ作ることにしてリケの負担を減らし、その分は好きなものを作る時間に充ててもらうか。

俺がその話をすると、最初はリケも「そんな畏れ多い」と言っていたが、「エイゾウ工房の弟子として何か自分で作れるようにならないと」と説得して、やや不承不承ながらも受け入れてもらった。

ちょっと弟子を振り回している感じもあるが、たまのわがままだと思って許して欲しい。

一般モデルだとそんなに気合いを入れることもないので、ホイホイとこなせる。しばらく俺とリケの鎚の音がリズミカルに作業場に響いていたが、やがて外からガラゴロという音も聞こえてきた。クルルがディアナにおねだりして、ミニ荷車を牽かせてもらっているのだろう。クルルに牽かせる鋤を作れば畑の拡大も楽だとは思うが、そこまで大規模の農業をするつもりはないからなぁ。

金属同士のぶつかる澄んだリズムに、ガラゴロというベース音が加わって、俺とリケはナイフを量産するのだった。

ナイフ製作の合間に畑の様子を見てみる。畝ができていて、今すぐにでも植えられそうだ。

「おお、できてるじゃないか」

「まぁ、後ちょっとってところね」

ディアナが胸を張って言う。手には鍬を持っていて、伯爵家令嬢と言っても誰も信用しないような風体である。すっかりここの生活に馴染んでいるな。

「こういう仕事はしたことなかったけど、結構大変なんだな」

サーミヤも鍬を持って言った。〝黒の森〟の獣人は基本的に農耕をしないって言ってたからな。

「獣人は私達ドワーフ並みに力もあるんだし、すぐ慣れるでしょ」

「剣の練習にもなりそうだしね」

リケとディアナが言った。リケはすっかり皆のお姉さんって感じになってきたなぁ……。ディアナも実際の年齢でいえばサーミヤよりだいぶ年上（虎の獣人と人間とでは歳の取り方が違うのだ）

なので、お姉ちゃん感が増している。

「じゃあ、俺は作業場に戻るわ」

「おう、頑張ってな」

「またね」

サーミャとディアナからは声援を、リケからはお辞儀を受けて、俺は作業場に戻る。

厳密には戻ろうとして、その前に俺が家の外に出ていることに気がついたクルルが寄ってきたので、首筋を撫でてやり、庭を回るところを少し眺めた。なんだか牽くときのバランスが上手になっている気がするな。

一昨日くらいまではもう少しミニ荷車の揺れが大きかったと思うが、今日はそれが心持ち減っているように見える。もしかすると遊んでいるだけじゃなくて、練習もしていたのかも知れない。

「よしよし、お前はえらいな」

「クルルルル」

ゴリゴリと頭を擦り付けてくるクルルを撫でてやり、俺は今度こそ作業場に戻った。かなり後ろ髪を引かれる思いをしながら。

その後、この日の鍛冶作業もつつがなく終えることができた。

◇　◇　◇

翌日からの作業もこれまでと同じように進んでいく。俺は二日ほど剣を作り、その後の二日でナイフを作る。

リケは基本俺と同じものを作りながら、合間にリディさんがいたとき教えてもらった魔力をこめる方法を練習しているようだ。サーミャとディアナは鍛冶を手伝ったり、狩りに出たり採集したり大忙しだ。

クルルはといえば、獲物の引き上げや採集についていったり、庭を回って遊んだりに忙しかった。それらの合間に水につけたリンゴの様子を見る。今のところ上手くいっているな。カミロの店から戻ってくる頃か、もう少し後にはいい具合になるだろう。

◇　◇　◇

カミロの店に卸しに行く前の日、物置の話になった。

「そろそろちゃんとした物置を作ろうかと思うんだ。今の物置兼用はそのままで良いとして」

俺がそう言うと、ディアナがジロリと俺を見て言った。

「あの部屋がそのままでいいとは思えないけどね。むしろ増築したほうがいいかも」

「いや、そんなことはないだろう」

俺は反論するが、サーミャもディアナもリケも明らかに信用していない顔だ。

「例えばヘレンさんなんか来そうよね」

「あー、そうだな。確かに」

「あの人もなんだかんだで、親方のこと気に入ってますからね」

ディアナ、サーミャ、リケが口々にヘレンが来る可能性について論じている。なかなか俺の面目がない。

「いや、あいつは来ないだろ」

なんとか俺は会話に割って入る。俺の思う限りでは、ヘレンは多分あちこちを回って戦い歩く今の生活を気に入っていると思う。俺がそう言うと、

「でもたまには戻ってくるわけでしょ。そのときの家としてなら来るかもよ」

ディアナに反論されてしまった。うーん、これは分が悪いな。

「おっと、そろそろ晩飯の用意をしなきゃいけないな！」

見え見えの逃げに、三人は「逃げた！」とぶーたれていたが、すぐにヘレンが来る可能性と、それなら部屋の増設をすべきか、についての議論に戻っていった。

結局、部屋の増築は見送りになったようだ。夕食をとりながら皆に聞いたところ、今後人が増えそうな場合はまず客間を使ってもらい、その間に部屋を増築すればいいということらしい。

家の人間もそこそこいるし、クルルの手伝いも考えれば、以前より遥かにスムーズに作業ができるから、それで問題なさそうだと言われた。

今後増えることもないだろうから、という話ではなかった。実に不本意である。

◇　◇　◇

翌日、カミロの店に品物を卸しに行く日だ。新しい荷車の実地テストを行う日がいよいよやってきたともいえる。

水汲みを含めた朝の日課を終えたら、リケとディアナがクルルに装具を取り付ける。俺とサーミャは荷車に荷物を積み込んだ。

今回の改修で簡単な御者台というか御者が座れる椅子と、数人が座れるベンチも造り付けている。クルルの装具に荷車を繋いで、リケが御者台に座る。

他のメンツはベンチに座った。乗り込むときにバネの沈み込む感じが伝わってくる。荷物と俺達を合わせてもバネが底についた感じではない。

帰りには鉄石に木炭、塩なんかを積み込むのだから、今の時点で底についていたら完全に失敗だ。そうはならなかったので、俺はホッとする。チートで作ったからある程度大丈夫な自信があるとは言え、こうやって乗ってみるまでは不安が晴れない。

「クルルルル！」

クルルが一声大きく鳴いて歩き出す。ゴムタイヤでもないし、流石に前の世界での自動車のような乗り心地とはいかないが、それでも何もないよりは随分とマシな感じがする。

ガツンと突き上げる揺れはほとんどない。その代わりにユサユサというか、そんな感じの揺れはある。この揺れが酔うほどのものかどうかは、人によるだろう。

クルルは久しぶりの荷車をご機嫌で牽(ひ)いていく。森の中なので速度は抑えめだが、それでも人間のジョギングくらいの速度は余裕で出ている。

先日は帰りだけクルルに牽いてもらったし、サスペンションも未搭載だったからもっと速度を抑えていたが、これくらいの速度で森の中を走れるとしたら、かなり早く街に着ける気がする。

速度が違うのだから当たり前だが、思ったとおり森を出るのはいつもよりも相当早かった。ここからは街道だ。

街道に入ると更に速度が上がる。人間が走るくらい、時には自転車を漕(こ)ぐくらいの速度が出ている。その分揺れも大きくなるが、キツい感じの揺れではない。積んだ荷物もゆらゆら揺れているが、ガタンと跳ねたりはしないし、もちろん荷崩れを起こしたりはしていない。

色んな馬車がこれくらいのスピードで走るようになれば、街と都は今は片道で一日かかっているところが、日帰りができるようになる。

そうすれば物資の流通速度の向上はもちろん、それに伴って情報の拡散速度も上がるだろう。

それが様々な影響を及ぼすのは間違いない。〝世界を見張るもの(ウォッチドッグ)〟は「君の存在がこの世界に大きく影響することはない」と言っていたが、本当だろうか。

もしかすると、「原理として存在する物事が広まるのは、少し針を進める程度のことで影響とは言わない」とかなのかも知れないが。

人間が走るくらいの速度で進んでいるから、警戒といっても限度がある。とは言え野盗達はこの荷竜車に追いつこうとするなら、馬でもない限りは走って追う必要があるわけだ。

弓でクルルの足を止めようとしても、それなりの速度で移動する目標に初弾を命中させるのは困難だろう。

それを当てられるやつは野盗なんかしなくても、この世界ではそれなりに食っていく道があるので野盗にはならないようだし。

それでも全くの無警戒というわけにもいかないので、周囲に視線を走らせて警戒することは怠らない。店に着いたらカミロに賊がどうなったかは聞いておかないといけないな。


街の入り口にはいつもの衛兵さんが立っている。武器を見るとハルバードに変わっていた。

とうとう街の衛兵隊でも制式になったんだな。衛兵さんは竜車を見て少し驚いたようだったが、俺達を見ると、

「ああ、あんたらか」

と納得した様子である。どうも変わった連中だと思われているらしい。これだけ多様なメンツが一緒だから今更ではあるか。

「どうも」

俺は荷台から挨拶した。

「もうあんた達にどうこう言おうとは思わないが、人を撥ねたり事故を起こしたりしないようにだけ気をつけてくれよ」

「もちろんですよ」

クルルは賢いから大丈夫だと思う。俺もだいぶ親ばかになってきたな……。

実際のところ、クルルは街中ではおとなしくゆっくりと歩いていた。走竜は珍しいからだろう、なかなかに注目を浴びているような気がする。

何人かの視線に注意してみると、車輪のあたり――つまりサスペンション部分を見ている者もいた。そうそう、そうやって真似していってくれ。

エイゾウ工房、デブ猫印のサスペンション！　なんてことをやる気はない。特許制度も実用新案制度もない世界の話だし、これで儲ける気は俺には全くないからな。

その代わりと言ってはなんだが、聞かれればカミロには教えてやろうと考えている。

ゆっくりと言っても、人の早足程度の速度で街を進んでいった竜車は、そのカミロの店にたどり着いた。改良型荷車での初運転はこれで終わりだ。

割と悪くない乗り心地だったな。俺がそんなことを思っている間に、カミロの店の倉庫に竜車は入っていく。

クルルはカミロの店の倉庫でおとなしく止まってくれた。皆で手分けして、装具と荷車の連結を外す。クルルは水から上がった犬のように、体をブルッと震わせると、

「クー」

と小さく鳴いた。

店員さんに言って、水と飼い葉を用意してもらう間に、店の裏手——俺達とクルルが初めて会った場所に連れて行く。

「ここでおとなしく待っててね」

ディアナがクルルに声をかけて、首筋をポンポンと優しく叩く。

「クルル」

分かった、とでも言うように鳴いたクルルはその場に座り込んだ。よしよし、お利口さんだ。


俺達五人が商談室に入ってすぐ、カミロと番頭さんがやってきた。

挨拶もそこそこに、俺は懐から袋を出す。うちの全財産が詰まった袋だ。

「ここから走竜の代金を持っていってくれ」

その袋をテーブルの上に置くと、カミロが中身をあらためた。

「思ったより入ってるな」

「伯爵閣下からの分もあるからな」

「ははぁ、あのときのか。義理堅いことで」

カミロは事情を察したらしい。言葉では皮肉を言っているが、表情は優しいものになっている。根は優しいやつだからな。損得勘定となると冷徹な計算もするというだけで。

「じゃ、もろもろでこれくらい貰っとこうかね」

カミロが袋から貨幣を何枚か取り出す。俺の思っていた金額より少ないな。

「それだけでいいのか？」

「ああ。帝国のとある貴族が没落してな。処分に困ってるのを安値で横から掻っ攫ってやったのよ。だからこれでも儲けは十分出てるさ」

帝国とは俺達のいる王国の隣の国だ。戦争には至ってないが、時折国境で小競り合いがあると聞く。聞いた相手はカミロだが。

「そうか。それならいいんだ」

金はカミロが遠慮した可能性も頭をよぎったが、そこは彼の商人としての矜持を信用することにするか。それにしても隣国にも手を広げていたのか。

特にお咎めはないのだろうが、仲の良くない国で商売するのもリスクが結構ありそうだな。そのあたりをなんとかするのが、カミロの商人としての才覚か。


「どうだ、走竜の調子は」

「ああ。賢いし、助かってるよ。そう言えば、あの子は男と女とどっちなんだ？」

「ん？　聞いた話では雌だってことらしいが」

クルルは女の子なのか。うーん、これでエイゾウ工房の男は俺一人のままだな……。ちょっとした物悲しさを覚えていると、

「それでだな……」

突然カミロが声を少し落とした。なので俺達は自然と身を乗り出す感じになる。

「お前達の乗ってきた荷車の仕組みなんだが」

「ああ。あれか」

「あれはどういうものなんだ？」

耳が早いというか、来てからいくらも経たないのにもう知っているのが凄いな。

俺は特に何を隠すこともなく、簡単な仕組みと効果について話した。

「道から受ける衝撃を抑えられたり、凸凹を吸収したりできれば、速いスピードで走らせても大丈夫ってことか」

「限界はあるだろうが、そうなるな。上手くやれば一日で街と都を往復できると思うぞ」

「なるほどなぁ……」

カミロが考え込む。隣国まで取り引きしに行くような商人だと、一台あたりの速度の向上は決して馬鹿にできないだろうし、俺の言っていることが本当なら喉から手が出るほど欲しい技術であろうことは容易に想像できる。

「欲しいなら真似してもいいぞ。別にそれで文句を言ったりはしないし、金なんかも別にいらない」

「本当か！」

カミロが珍しく立ち上がりながら大声を出した。俺達がびっくりしているのを見て、慌てて座り直す。番頭さんも意外だったようでびっくりしているな。

「コホン。ありがたいが、それ相応の礼はさせてもらうよ」

口調こそ落ち着きを取り戻したが、ワクワクが顔から消えていない。よほど気になってたんだな。

カミロが番頭さんに指示を出す。いつもの買い取り分の査定と、サスペンションの構造をメモしておくことだ。メモを手伝おうかと言ったが、一旦自分達でやってみるそうだ。上手くいかなければまた二週間後来たときに相談に乗ることになった。


その後、なんだかんだ世間話というか、世の中の動きについての情報交換をする。マリウスは忙しそうにしているらしい。あとは魔界近くで小競り合いがまだ時々起こっているそうだ。大規模な戦闘は起きていないし、どちらも大きく手出しをする雰囲気ではないらしい。国境あたりに鉱山があってそこの領有権の問題、というかそもそもそこの取り合いをして暫定的に引かれた国境線だそうな。であれば、これは別に相手が魔族だからという話でもないな。

「そう言えば、賊はどうなったんだ?」

「まだ捕まったという話は聞いてないな」

「そうか」

捕まってくれていれば帰りの憂慮が一つ減ったのだが、そう上手い話はないらしい。

「被害はないってことだが、十分気をつけて帰れよ」

「ああ。もちろんだとも」

軽く握手を交わして、商談室を出る。クルルは言われたとおりにおとなしく店の裏手で待っていた。ディアナが感激してやたらクルルの頭を撫でている。あんまりやると嫌がられるかも知れんぞ。

飼い葉と水を持ってきてくれていた店員さんに一枚だけだが銀貨を渡して、クルルを荷車に繋いで倉庫を後にする。

今日の荷物にはいつもの品々に型取り用の粘土もあるから結構重いはずだが、クルルはものともしない。サスペンションもまだ持ちこたえているようなので、ホッとした。帰りがキツいほうがまずいからな。

街中を進むと、行きと同じようにやはり注目を浴びる。クルルは仕方ないとして、サスペンションのほうはカミロが頑張って見慣れたものにして欲しい。そうして街の風景になれたら、それはそれで嬉しいものだ。

衛兵さんに会釈をして通り過ぎ、街を後にする。街道は相変わらずのんびりした風景が広がっていて、つい警戒を緩めてしまいそうになる。

だが、俺達は忘れていたのだ。走っても弓でも止められない荷車を止めるにはどうすればいいか。

街からいくらか進んだ街道のど真ん中に、人が一人立っている。その人影は手に抜き身の剣を持ち言った。

「そこのお前達！　止まれ！　止まらねば斬るぞ！」

そう、道を塞いでしまえばいいのだ。俺はリケに止めるよう指示して、その人影の様子を窺うのだった。

3章　魔族と刀

クルルがゆっくりと歩みを止める。俺はチラッと後方を確認したが、気配はない。

「親方、どうします？」

「とりあえずはこのまま言うことを聞こう」

「分かりました」

リケはクルルの手綱を持ったまま、じっとしている。

「よし、動くなよ！」

剣を持った人影はそうこちらに命令してくる。全身をマントやフードで覆っていて、姿はよく見えない。声の感じからすればどうも女性のようなのだが、確信が持てないな。

向こうがこちらに近づく間に弓を射掛けられたら面倒なので、それを警戒するようにディアナとサーミャに言う。もちろん、俺もだ。

普通の野盗ならここでお仲間が登場して人なり金品なり、あるいはクルルや命を持っていくんだろうが、その気配がない。ということは普通の野盗ではない。

「ひょっとして、こいつが噂（うわさ）の？」

「おそらくな」

サーミヤがこそりと俺に囁いた。

さっき確認したときに後方にも気配がなかった。野盗ならUターンされないように後ろにも人を配置するだろう。

そもそも走る馬車（うちの場合は竜車だけど）の前に賊でございますといわんばかりに体一つで出てくるのが、どだい間違っている。

もう少し頭の回るやつなら、丸太を道に置いて障害にするなり、あるいは体調が悪いようなふりといった一芝居を打ったりするだろう。

全くそれらをしなかったのだから、普通の野盗ではないな。となると残った可能性はまだ捕まってないという賊だ。

なので、目的を知りたかったのもあってわざと停止した。そうでなければ弓で撃つなり引き返すなりしている。

「それにしても杜撰だな」

向こうも当然警戒はしているが、今突然クルルが本気を出して走り出せば、ひとたまりもないんじゃないのか、こいつ。

もしかして馬車を止めるのは初めてか。そんな経験そうそうあるものでもないだろうが。

「こんなのでよく今まで捕まらなかったわね」

「同感だな」

ディアナの囁きに俺は同意するしかない。

人影はクルルのほうに剣の切っ先を向けた。ディアナ（クルルのママ）が飛び出しそうになるが、俺が抑える。

「よし、そこのお前！　持っている武器を出せ！」

賊がリケに命令する。リケがこっちを振り返るが、俺は頷（うなず）いた。

リケが手綱から手を離し、護身用のナイフを取り出して鞘（さや）ごと放り投げる。魔族は無防備にそれを拾い上げた。

今、この荷台から斬りかかったら余裕で斬れた気がするが、とりあえず「何かを探しているらしい賊」が何を探しているのかを知るきっかけでもないかと、一挙手一投足を監視することにする。

もちろん、うちの誰かに危害が及びそうになった瞬間に、かばうことができる体勢を整えつつだ。

「あっ！」

拾ったナイフを見ていた賊が声を上げた。俺達は思わず柄（つか）に手をかける。一気に空気が殺気に染まった。いよいよ斬りかからねばならないかと思ったとき、

「おいお前達、これをどこで手に入れた！」

賊にナイフを掲げながらそう問われて、俺達は顔を見合わせる。次の瞬間、俺達は思わず笑っていた。

「な、なにがおかしい！　入手先を教えろ！」

賊は狼狽（ろうばい）半分だが、相当憤慨しているらしい。気持ちは分かるがこちらの事情も知って欲しいと

ころだ。

「どこで手に入れたも何も、それを作ったのは俺だよ」

俺は毒気を抜かれて、笑いながら言う。

「へっ？」

間抜けな声が響いた。

「今はそれを納品先に卸して帰るところだったんだよ。お前の目的がうちの製品なら剣を収めろ。話はそれからだ」

そろそろ、それとなくディアナママを抑えとくのも限界に来てるんだから。夕方の稽古のときはそんなに実感していなかったが、確実に力が強くなっている。母は強し、とはちょっと違うか。

このまま剣を収めないときは力ずくで制圧して話を聞き出すまでだが、多少の被害を覚悟しなければいけない。なるべくなら避けたいところだ。


賊は逡巡していたが、やがて剣を収めた。

「よし。このままだと面倒なことになるから、こっちに乗れ」

なんだか賊と俺達の立場が逆になっている気もするが、実際こんな場面を衛兵に見られたら、そのまま突きだす以外の選択肢はないのだ。

賊はゆっくりと乗り込んだ。多分こちらを警戒しているのだろう。

こっちも警戒はするが、チートで感じるところではディアナより少し強いくらいでヘレンほどではない。それならなんとか抑えられるな。

「私はこの刻印の武器を探していた。入手するためだ」

荷台に座り込んだ賊はナイフの柄頭——太った猫の刻印を見せながらそう言った。なるほど、探していたのはうちの製品か。

ここいらでもそれなりの数が出回っていると思っていたが、そうでもないのだろうか。

カミロは帝国でも売っているようなので、もしかすると刻印の入った高級モデルは利益のためにそっちをメインにしているのかも知れない。

「さっきも言ったが、それを作ったのは俺だ」

俺は懐から自分のナイフを出して柄頭を見せた。もちろん同じ刻印が施してある。目配せをすると、他の三人も同じようにして見せる。

単に俺達が全員エイゾウ工房の製品を購入しただけ、という話の可能性もなくはないが、エイゾウ工房の武器を探していた側からすれば、入手できるなら些細な違いでしかない。

「もし本当なら、一つ武器を作って欲しい」

賊は俺に頭を下げた。根は悪いやつではないんだろうな。

俺もちょっと簡単にこいつを信用しすぎだなとは思う。こういうところは前の世界での認識がなかなか抜けない。

「いいぞ……と言いたいところだが、うちはオーダーメイドのときは条件がある。一人でうちまで来ることだ。場所は教えてやるから、明日また来い」

「分かった」

俺がそう言うと、賊はあっさりと頷いた。

うちへ帰る森の入り口に差し掛かる前に賊に工房の場所を教えて、馬車から降ろす段になって、賊が俺を振り返り、おずおずと言った。

「私は魔族なのだが、大丈夫だろうか？」

「来たら分け隔てするつもりは特にないよ」

俺はなんでもないことのようにそう言って返す。すると、魔族は嬉しそうに、

「分かった。それではまた明日」

そう言って、街道をいずこかへと去って行った。


既に面倒を抱え込んではいるが、これ以上面倒事にならないといいのだが。そう思う俺を乗せて、クルルの牽く荷車は森へ入っていく。

魔族と別れ、家に着いた。ゴタゴタは起きたものの、クルルのおかげで、人力で牽いていたときと帰宅時間はさほど変わりない。

クルルの装具を外したり、街に行った埃を落としたりした後、通常はそれぞれ好きなことをする時間に、俺達は居間に集まった。

「やつは明日来ると思うか？」

「来るでしょ」

魔族に対してどう対応すべきかの相談だ。俺の第一声にはディアナが答えた。

「魔界にも〝黒の森〟の厄介さは伝わってるはずよ。それであっさり承諾したってことは、自信があるんでしょ」

「森を越えられない可能性は……なさそうだったな」

俺がのんびり見ていられたのは、何かあったら即座に斬り捨てられることがチートで分かったからに過ぎない。実力的にはその程度とはいっても、この森をうちまで来られないほどではなかった。

「あとは……魔族に武器を作ってやっても、本当に問題ないのかだな」

インストールの知識では六百年も前に大きな戦争があったとはいうものの、近年では小競り合いくらいしか起きていないという。それなら王国から見た帝国と変わりない。

であれば、北方からやってきて勝手に住み着いた鍛冶屋である俺からすれば、帝国に武器が流れるのも、魔族に流れるのも変わりはないのだが、はたして実際にそうなのかどうかだ。

「アタシは別に。初めて見てびっくりしてる、ってくらいだ」

「私もです」

サーミヤとリケは特に気にしないようだ。魔族と言われても実感が湧かない、てとこか。

「兄さんが匿(かくま)ったり、利益を供与したりすれば間者だのと言われかねないけど、エイゾウはただの鍛冶屋なんでしょ？　なら別に気にする必要はないんじゃない？」

そう答えたのはディアナである。敵国の人間を厚遇していたら色々勘ぐられるのはそうだろうなぁ。

「仮にだが、魔族の国と戦になったら、君の兄さんを傷つけるのが俺の特注モデルの武器ということになるかも知れないが、いいのか？」

「それこそ今更でしょ。ヘレンが貴方(あなた)の武器を持ってる時点で、あらゆる戦地でその可能性はもうあるのよ」

「それは……そうだな」

傭兵(ようへい)であるヘレンが常に王国側として戦争に参加する保証はどこにもないのだ。帝国側として参戦して、そこにマリウスが派遣されるといったことがあり得ない話かといえばそうではない。

ディアナにはもうその覚悟があったのか。俺は今言われるまで意識していなかった。自分が作るのが何なのかを悩むことはもうしていないが、常に頭に置いておくことは必要だな……。

総じて「気にならなくはないけど、別にいいんじゃない？」といったところか。まぁ、どこにも属さない勢力がどこに何を提供しようと関係ないっちゃ関係ないか。

王国の伯爵家とは仲良くしているが、仲良くしている以上のことはない。

「あとは賊である事実をどうするかだな」

「賊を匿うのは普通は罪になるわね」

「だよな」

正直、今日見逃したのもそこそこヤバい行為なのだろうとは思う。しかしだ。

「実質的な被害は何一つないってんじゃなぁ」

「とは言っても、警戒に人を割いたりはしてますからね。エスカレートしない保証もなかったですし」

リケが言う。そうなんだよなぁ。

「これで俺が武器を作って本国に帰ってくれたら賊としては出なくなるし、大丈夫な気もしなくはないんだが、楽観的すぎるだろうかね」

「賊がどこか他所へ襲撃場所を移したと考えるとは思うわね」

俺の疑問にはディアナが答える。そうだよな。でもなぁ、それまで無為に巡回やらに人を割かせるのは、結果として街道の治安が良くなるとは言え、事実を知っていると心苦しいな。

「仕方ない、カミロとマリウスの力を借りるか」

早速伯爵家に借りを作ることになってしまったが、お互い持ちつ持たれつの関係ではあるから良しとしよう……。

「どうするの?」

「次にカミロの店に卸しに行ったときに、まだ警戒が解かれていなかったら、事実を認めた文書をマリウスに持っていってもらう。それでさっきの〝賊が場所を移しただろうから徐々に警戒を減らす〟ってマリウスから衛兵隊に言ってもらえば解決する……と思いたい」

「兄さんとは言え、あまりエイゾウには借りを作って欲しくはないけど、仕方ないわね……」

「そうだな」

借りといってもそんなに大きいものではないと思うし、これくらいの借りならいくらでも返す準備はある。

見知らぬ魔族のために身を切るのも随分とお人好しだと自分でも思うが、これが俺のやり方だ。

しばらく話し合ったが、「来たら作る」「特に邪険に扱ったりはしない」「武器を入手したら本国に帰るよう約束させる」で決着した。

自分の友人達と敵になるかも知れない人物に、武器を作ってやることについてはまだ若干ためらいがあるが、ここが俺の鍛冶屋としての覚悟の決めどころなんだろう。結局は俺が作るかどうかでしかない。

あまり魔族について詳しくない三人が、色々と互いに情報を出し合うのを見ながら、夕食の準備をするべく俺は席を立った。

◇　◇　◇

一夜明けて次の日、クルルと水汲みに行ってきた俺は、家の前に全身をマントやらなんやらで覆った怪しい人影を見つけた。

このタイミングでここに現れる全身を覆った人影といったら、俺には一人しか心当たりがない。

とは言え、別人で単なる賊の可能性もゼロではないので、俺はそっと水瓶を下ろしてナイフをいつでも抜けるようにして近づいた。

「誰だ」

俺は誰何の声をかける。返ってきたのは予想どおりの声だった。

「来いと言うから来たのに、やたらと警戒するのだな」

やや不満げであるが、昨日聞いた声で間違いない。フードで顔が見えなくて、表情が分からないのがちょっと困るな。

「そりゃ本当にお前なのかどうか分からなかったからな」

「それもそうか。昨日は見せてなかった」

そう言うと、魔族はフードを取った。切れ長の目に短い銀髪、長い耳、そして褐色の肌には前の世界でいうトライバルタトゥーのような刺青が施されている。

タトゥーに紛れてはいるが、左目の辺りに刀傷がある。それでも顔全体は普通に美人といえるだろう。前の世界の知識丸出しでいえばダークエルフだ。

声と顔のつくりが一致すると、間違いなく女性だと確信できた。

俺の知り合いで男性といえばカミロとマリウスくらいで、あとは女性と縁が深いのは何かあるんだろうかね……。

「これで今度から分かるだろう?」

自慢げに魔族の女が言う。

「今度もちゃんと顔を見せてくれたらな」

「うむ。ちゃんとそうするとも」

「とりあえずそこで待ってろ。水を運び込まなきゃいけないんだ」

　俺は水瓶を下ろしたところまで戻って、担ぎ直した。ことがあったらこの水瓶が割れるの覚悟で応戦しなきゃならんな。クルルの水瓶は家のそばに置いておいて、クルルには小屋に戻っておいてもらった。


　水瓶を家に運び込みながら、俺は尋ねる。

「ここへはすんなり来れたのか」

「いや、〝人除け〟がちょっと厄介だった。私は魔法はあまり得意ではないのだ」

「〝人除け〟？」

「ん？　なんだ知らぬのか？　自分の家なのだろう？」

「あ、ああ。魔法はあまり知らなくてな。この家も貰い物だ」

　そこに嘘はない。彼女はそれでとりあえず納得したようだ。

「条件に合わぬ者は惑うことになる魔法だ。もっとも、私のように〝人除け〟を認識できれば回避することも不可能ではないが」

「なるほどなぁ……」

　魔力が濃すぎるから野生の動物が近づかないのは、以前にリディさんから聞いて知っていたが、そんな魔法までかかっていたとはな。

とりあえず、その辺を誤魔化すべく他に話を向けてみる。

「それはともかく、こんな朝早くに来たってことは飯はまだ食ってないのか？」

「ああ」

「じゃあ、食わせてやるから、客間で旅の埃を落としてこい。体を清潔にしてからだ」

「いいのか？」

「客は客だからな……」

「変わったやつだな。私は魔族だというのに」

「こんなところに住んでるんだぞ。変わり者じゃないわけがないだろ？」

「それはそうだ」

「それに……」

「それに？」

「俺にとって魔族かどうかは知ったこっちゃないからな」

「そうか」

魔族の女性は苦笑とも微笑みともとれる表情をした。

犯罪者は犯罪者なんだろうが、もっと重い罪を犯したやつならともかく、客は客として扱う。

これは昨日決めたとおりでもある。

運び込んだ水瓶から、客用に小さめの水桶を用意してそこに水を入れて、客間に運び込む。

魔族の女性……、まだ名前を聞いてなかったな。

「そう言えば、名前はなんていうんだ？」

「ニルダ」

「じゃあニルダ、ここが客間だ。水と布はこれを使え。飯ができたら呼ぶから、体を綺麗にした後は、くつろいでいてくれていい」

「分かった」

ニルダは素直に頷くと、客間に入っていった。


「来たの？」

ちょうどそこへディアナや皆が起きてきた。

「ああ。今荷物を下ろして、体を綺麗にするよう言ったところだよ」

「そう。じゃあ私達も準備しないと」

「そうだな」

うちはうちの皆で朝の日課をこなしていく。サーミャが普通に客間に入って洗濯物なんかを回収していた。男ではできないから助かる。


朝の一仕事が終わって朝食もできたので、サーミャにニルダを呼びに行かせる。

ニルダを含む全員が食卓に揃った。俺達がいつものいただきますをしようと手を合わせると、ニルダも見よう見まねで手を合わせて、小声でいただきますと言っていた。

「改めてだが、みんなに名前を教えてくれるか？　いつまでも魔族さんとは呼べないからな」

飯を食いながらだが、俺はニルダに自己紹介するよう促す。ニルダは一瞬不満げな顔をしたが、

「魔族のニルダだ」

とぶっきらぼうに一言だけの自己紹介をする。目線がサーミャとリケを行き来していた。魔界には住んでないのだろうか。

魔族という立場で猜疑心が強くなっているだろうに、出会ったときも素直に言うことを聞いたことといい、今みたいに余計なことを言わないことといい、根は悪いやつではないんだろうな。

「俺は人間のエイゾウだ。こっちが虎の獣人のサーミャで」

「私がドワーフのリケです」

「私は人間のディアナよ」

「あと小屋に走竜がいて、名前はクルル。それで全員だ」

ぶっきらぼうだろうと魔族だろうと、名乗ってくれたのだから俺達も名乗る。

「それで、うちの製品はどうやって知ったんだ？」

「魔界と人間界の境を哨戒していたら、人間側の偵察部隊と出くわして、そこにいたヘレンとかいう赤毛の女に聞いた」

ニルダは魔界と人間界と言うが、世界や時空が違うわけではない。単に魔族の住む領域を魔界、人間の住む領域を人間界と言っているだけである。六百年前の戦争の名残だ。

「ヘレンで赤毛って、〝雷剣〟か？」

「私が聞いたときは〝迅雷〟と呼ばれていた」

しばらくここらを離れるとは言っていたが、魔界のほうまで行っていたのか。そして気がつけば二つ名が変わっている。迅雷か。確かに速いからな。

「〝迅雷〟の部隊と出くわして、戦闘になった。だが、こっちは手も足も出なかったよ。殺されはしなかったが、私達の武器は全て〝迅雷〟があっという間に破壊した」

俺の特注モデルだから、普通の鋼くらいならあっさりと壊していけるだろう。とは言え、そんな使い方を続けていたら特注モデルといえども限界はある。戻ってきたらしっかり直してやらないといけないだろう。

「私はそれを見ていたから、彼女に武器を破壊されぬように立ち回ったが、いくらもしないうちに壊されてしまった。そのときに言われたんだ『アンタやるねぇ！　アタイと同じ武器ならもっとやれたかもね！』と」

「で、聞いたと？」

ニルダは頷いた。

「うむ。私が『ではその武器を手に入れたかったものだ』と言うと、『これはアタイが特別に作ってもらった逸品だからね。そう簡単には手に入らないよ』と言われた。そのあたりで音を聞きつけた他の魔族側の部隊がやってきたのだ。〝迅雷〟はそっちも片付けられただろうが、なぜか退却していった。柄頭の刻印を見せながら、『どうしても欲しけりゃこの刻印の武器を作ってる職人を探しな！』と言い残して」

だな。

「なるほどね」

「それで暇を貰い、探しに来たのだ。どうもこの辺りにそれを作った職人がいる、というところまでそれ以上分からず、ああやって探していたわけだ。ここらでそれを持っているということは、職人から直接か、職人から卸してもらった商人から買っているだろうからな」

時間がなかったのもあるだろうが、ヘレンはここの場所を直接教えるようなことはしなかったんだな。

まぁ、それでこうやって太った猫印の武器を探す賊の出現と相成ったわけだが、まさかこんなことに及ぶとはヘレンも思ってはいなかっただろうな。

「襲われた人が顔や姿を覚えていなかったのは？」

「マントやらで大半は隠していたからな。その状態でなら〝物忘れ〟の魔法がよく効く」

そういう魔法があるのか。苦手だと言っていたが、条件さえ整えばそれなりには使えるらしい。

「ふむ……」

「質問は終わりか？」

「ああ。今のところはな」

「そうか。しかし美味(うま)いな、お前のところの食事は」

「お世辞でもそう言ってもらえるなら、作った甲斐(かい)がある」

「世辞ではない。姉様の家でもここまでの腕の者がいたかどうか」

「それは有り難き幸せ」

俺は大仰に礼をしてみせた。ディアナの顔が凄く微妙なことになっている。

姉様とやらがどういう人物かは分からないが、ニルダの大仰な話し方から見て、おそらく魔界でも身分低からぬ立場の人なのだろう。それこそエイムール家のような。

そんな家の食事と比べて遜色ない、と言ってもらえるのは純粋に嬉しいことだ。

このあとは大した話もなく朝食を終えた。魔界のことを聞いていいのか分からんしなぁ。

朝食と後片付けを終えて、作業場に移る。神棚に拝礼だ。ニルダはここでも見よう見まねで拝礼していた。

「魔族的に人間の神様にお祈りするのはいけないとかあるなら、別にしなくていいんだぞ」

「別にそういうのはない。面白い風習だなと思って真似ているだけだ」

「ならいいんだが」

魔族って無宗教なのかね。もしくは一番上が魔王様で、その辺アバウトだったりするんだろうか。

ニルダもきっちり二礼二拍手一礼をこなしている。俺達の祈りは「今日も一日無事に仕事を終えられますように」だが、彼女はいったい何を祈っているのだろう。

女性の祈りを聞くわけにもいかないので、俺はその考えを頭の中から追いやった。

拝礼が終わると、リケ達は板金を作る準備にかかる。炉の点火なんかは俺が魔法でやるのが一番手っ取り早いので俺が点けた。

ニルダの視線が突き刺さるが、お前には今から聞かねばならないことがあるんだ。

ニルダと俺は鍛冶場にある、椅子とテーブルのみの商談スペースに移動し、向き合って座る。

「で、どんな武器が欲しいんだ？」

「そうだな。一部の地域にしかないと聞いたから、お前達でも馴染みがないかも知れんが、剣のように幅広で両刃ではなく、薄く長い片刃のものがいい」

「切り裂く武器か。緩やかに湾曲したりしていたほうがいいか？」

「そうだな」

「ふむ」

俺は作業場に転がっていた木材をナイフでササッと削る。出来上がったのはニスも何も塗っていないものだが、前の世界では修学旅行で男子が必ず一人は買うというアレである。

「こういう形状ってことでいいか？」

「まさにそういうものだ」

「なるほど……」

ニルダが欲しがっている武器、それは刀だった。

しかし、刀か。元日本人としてはちょっとテンションの上がる依頼内容ではある。

ただ、刀とは言っても、ちゃんとした日本刀は作れなそうな気がする。

製作はチートを使ってだが可能として、この世界で俺がチートを使うと鋼の質が鋼を超えたものになってしまう。

刀を作るときに柔らかい鋼を硬い鋼で覆うのは、折れないが曲がりもしないという、一見相反する特性を両方達成するためのものだ。

高級モデル品質の鋼を特注モデル品質の鋼で覆えば似たものはできるが、そもそも、特注モデル品質の鋼で作ったものはそうそう折れないし、曲がらない。なので、全く意味がないのだ。

ただし、リケの修業もあるので、これも意味はほぼないが、特注モデルの鋼を特注モデルの鋼で覆う形式をとる予定にする。

「よし、それじゃあちょっと庭に出るか。お前さんの得物を持ってきてくれ」

俺はニルダに声をかけた。

「どうしてだ?」

「得物の扱いやらを見て、長さとか重さなんかを決めるんだよ」

「なるほどな」

ニルダは作業場を出たかと思うと、すぐに戻ってきた。手にはちゃんと剣が握られている。

俺は作業場側の扉を開けて外に出る。後からニルダがついてきた。

ここや庭で俺に斬りかかるメリットはニルダにはないが、念の為に変な動きをしたら対応できるように、ナイフの位置を変えておいた。

「キャッ！」

庭に出た瞬間に、ニルダが短い悲鳴を上げた。クルルが扉のすぐそばにいたからだ。

「なんだ、出てきてたのか」

「クルルゥ」

「よしよし。危ないからちょっと離れててな」

俺が頭を擦り付けてくるクルルの首筋を撫でながら言うと、クルルは素直に少し離れた場所に座り込み、ついでといわんばかりにその辺の草をついばみはじめた。お利口さんだ。

「そ、そう言えばお前の家には走竜がいるんだったな」

「会ったときに荷車を牽いてただろ」

「あ、ああ。しかし、随分と懐いているな」

「普通の走竜もこうじゃないのか？　他の走竜を知らないから分からんが」

「魔界にも走竜はいるが、もっと気が荒い。全く言うことを聞かぬ程ではないが、よくヘソを曲げるから扱いづらいのだ」

「へえ。走竜によってそんなに違うのかね」

「分からぬ。少なくともお前の家の走竜と違うことは確かだ」

「ふぅん」

魔界の走竜とこちらの走竜では品種のようなものが違うのだろうか。やたら飯を食うと言ってたのも違ってたし、猫みたいに個体差が激しいのかも知れない。

まぁいい、クルルはクルルだ。うちの家族に違いはない。

ともかく、今は刀を作ることに集中しないと。

「ここで振るえばよいのか？」

「ああ。演舞でも訓練でもいい。なるべく実戦に近い動き方のほうが参考にはなるが」

「あい分かった」

ニルダは頷くと、剣を抜いて振りはじめた。静と動のメリハリの利いた動きだ。動くべきところでは素早く動く。止まるべきところではピタリと止まる。ただ、惜しむらくはほんの僅かだが止まるところで止まりきれていない。

そこがヘレンには及ばないところだろう。それでも、ディアナと比較すれば少し上くらいの実力だな。

ただ、刀のようなものを欲しがっているのに、今振るっているのは普通の剣である。刀を作るのに支障はないが、なぜだろう。聞いてみるか。

「さっき欲しがっていたのと、今振るっているのとは形が違うようだが？」

「同じ形のは〝迅雷〟に壊されたからだよ。これはそれなりに使えるが、間に合わせだ」

剣を振るいながら、ニルダが不機嫌そうな声で答える。そりゃそうか。

「変なことを聞いてしまってすまない」

「いや、いい。そもそもが私の未熟ゆえだ」

そうして四半時程の間、剣を振るうニルダを観察した。

「じゃあ、長さはこれくらいか」

俺は両手で長さをニルダに示す。脇差しと呼ぶには少し長いくらいの長さだ。小太刀といえばいいだろうか。

「少し短くないか？」

「お前もヘレンと同じで速い動きだろう？　短めで動きやすいほうが良さそうだと思うが」

「ふむ」

「なので重さも軽めのものを作るつもりだ」

「分かった。任せよう」

これで最終的な形は見えた。あとは作るだけだ。

俺はクルルにまた後でなと声をかけ、鳴き声を背にニルダと作業場に戻った。

俺とニルダが作業場に戻ってくると、中では板金をバンバン生産していた。

基本的には砂型に流しこんで、ちょっと加工するだけなので四人中三人が手慣れていれば、生産速度の向上も当たり前ではあるのだが。

「さて、じゃあ取り掛かるか」

よし、とばかりに俺が腕まくりをすると、

「私も見ていてかまわんか？」

とニルダが言ってくる。

「別にかまわないが、今日は見てて面白いものでもないと思うぞ。森の中を散歩するなり、庭で稽古するなりしてくれていてもいいんだが」

今日はいけても素延べ――思った長さに延ばすところまでだろうから、ひたすら叩いているだけだ。花形である（と俺が思っている）ところの焼き入れなんかはまだ先の工程になる。

「よい。かねてより興味があったのだ。国許ではなかなか見る機会がないゆえ、今見ておきたい」

「まぁ、それなら別にいいが」

答えながら、俺は前に作ってあった板金のうちいくつかを選び取っていく。そのうちの一つをやっとこで掴んで、火床に入れる。

まずは板金自体の鍛錬をするのだ。本来はここで材質の不均質な部分を落としたりしていく。しかし、俺のチートの場合はそれをしなくても均質かつ品質の良いものができるので、似たような工程として存在するが、やる内容が全然違ってきている。

火床で板金を熱して不均質なところを直し、魔力をこめる。高級モデルではなく、特注モデルなのでチートは全力だ。高級モデルまでならある程度の不均質は許容するが、特注モデルでは一切の不均質を残さない。

チートを使えばそのうち高張力鋼も作れるようになるんじゃないかという気はするが、作ったところでこの世界では使いみちがなぁ。

ともあれ、そうしてできた高品質な板金を積んで、火床で熱し鍛接して二つの塊を作っていく。この作業を積み沸かしという。

このとき、酸化鉄が周囲にできてしまうので、それをなるべく防ぐために周囲に藁灰をまぶしたりしておくのだ。

熱して叩いてタガネを入れて折り返す。折り返し鍛錬といわれる技法だ。これも本来はこのときに地鉄の文様がどう出るかを意識したりするのだが、チートを使って特注モデルでやってしまうとどうしても均質になっていくので、文様はほとんど出ないだろう。

このあたりは今後の大きな課題だ。チート品質を保ちつつ、均質でないような風合いを活かすことができるようになれればいいのだが。

積み沸かしや折り返し鍛錬はいつかやってみたいと思っていたが、思いの外、早くに実践できる機会に恵まれた。運命のいたずらとは奇妙なものだな。

そうして作業をしていると、ニルダが目をキラキラとさせながら聞いてきた。

「それは何をしておるのだ？」

「まずは必要な量、鋼の塊を作っている」

「なるほど」

こういうの好きなのかな。もしかすると立場が許せば、こういう仕事をしたかったのかも知れない。そのあたりがどうなのかを聞くつもりは今のところないけれども。

特注モデルなので、いつもの作業のときよりも時間がかかっている。昼食を終えて少し後くらいに二つの塊がようやっと出来上がった。

「リケ、ちょっといいか」

「はい。なんでしょう?」

「今から北方のカタナという剣の製作で大事な部分の一つをやるから、ちょっと見ててくれな」

「分かりました。ありがとうございます、親方」

片方の塊を細長く延ばし、もう片方は平たく延ばす。細長いほうが冷えてきたら、平たいほうを加熱する。

その作業をリケと、その隣にいるニルダがじっと見ていた。

客として見学しているが、リケの〝仕事〟を邪魔するつもりはニルダにはないらしい。俺はそのまま説明を続ける。

「普通はこっちの平たいほうは硬い鋼、細長いほうは柔らかい鋼を使う。硬いだけでは折れる。柔らかいだけでは曲がる」

今回はチート製高品質鋼みたいなものなのであまり違いがないが。

組織としては柔らかくても魔力のおかげで硬い、みたいなことになっているからなぁ。一般モデルみたいに魔力をあまりこめない製品の場合は別だけど。

平たいほうが加工可能な温度まで上がったので、U字に曲げてそこに細長いほうを置いてくるんでいく。日本刀では甲伏せ(こうぶ)と呼ばれる造りこみが近い。

「こうして二つの異なった性質を持つ鋼を一本にまとめるわけだ。こうすれば硬い鋼の斬れ味と曲がりにくさ、柔らかい鋼の折れにくさを併せ持つことができる」

「なるほど。これが北方の技術ですか……」

感心するリケ。その横でニルダはふむふむと頷(うなず)いている。

「そうだな」

インストールで同じような武器があるのは分かっているので、おそらく作り方も同じであろうとの推測だが、そう違いはないだろう。


この後、出来上がりの寸法くらいまで延ばしていく素延べの工程に入る。

金床を水で濡(ぬ)らして、熱した鋼の塊を置いて叩く。水が蒸発してもうもうとした蒸気があがり、時折叩いたときに「パン！」と火薬の破裂するような音もする。

一番はじめにこの音をさせたときは、その場の全員を驚かせてしまった。

「す、すまん」

ニルダは体を硬直させたまま、目を丸くしている。

「何をしたんです？」

リケが聞いてくる。

「こうすることで表面が滑らかになるんだ」

「なるほど、そんな効果が」

そうやって説明していると、今度は外から、

「クルルルルル」

と声がする。ああ、クルルも驚かせちゃったか。

俺は慌てて外に出て、作業場のすぐそばまで来ていたクルルの頭を撫でながら、なんでもないことを説明した。

クルルは少し心配そうにも見えたが、おとなしく小屋のほうへ戻っていってくれたので一安心だ。

その後も熱して延ばす作業を続けながら幅、長さ、厚みの調整をしていき、概ね思ったとおりの寸法になったところで止める。

そして気がつけばもう日が暮れかけていて、残りの作業は明日となってしまった。

俺は少し後ろ髪を引かれる思いをしながら、残業はよくないと自分に言い聞かせ、作業場の片付けを始めるのだった。

◇◇◇

翌日、今日は素延べの次の工程からになる。いよいよ刀の形を作っていく工程、火造りだ。今日の作業からはリケもずっと見学をする。サーミャとディアナは剣の型作りだ。

ドワーフ製の刀とかなかなかロマンのある話でいいな。頑張って作れるようになって欲しいところだ。

火造りはまだ全体的には四角形でしかない素延べの状態から、熱して叩き、断面を細長い五角形にする作業である。当たり前だが、五角形の一つの頂点が刃先となる。

刃の背の部分が棟（峰）で、その両脇の辺が鎬地になるわけだ。素延べした刀身を十センチくらいずつ加熱して叩いて整える。

そのあと、柄の中に収まる部分である茎の形もつくり、切っ先も棟側の先端を三角に落として叩いて形作っていく。

刀の切っ先も長かったり短かったり、丸かったりやや直線に近かったりと色々あるのだが、今回は丸くて短めの猪首切先にしておいた。

そこまでで一度持ち上げて全体の姿を見てみた。ニルダと、リケのキラキラした目がそれを追う。

「できてきておるな」

「ああ」

このあたりまで来ると、刀としての形が見えてくる。ワクワクが高まってくる気持ちはよく分かる。俺自身、ワクワクが高まってきているからな。

前の世界だと、このあたりの形状で概ねどの時代の、どこの刀工のものか、みたいなことが分かるのだそうだが、この世界ではそういうことも関係ないし、基本的には俺の感覚ベースのチート任せである。

「この形を作るとき、焼き入れしてどれくらい反り返るかを考えて作らないと、思ったより反り返ってしまったりするぞ」

「分かりました」

俺が言うと、リケが真剣な顔で頷いた。

俺はチートで随分と楽をさせてもらっているが、前の世界で刀鍛冶の方々がどれだけ凄いことをしているか、こうやって自分で作るとよく分かるな。

そうして作業をしていくと、俺のよく見知った刀の形が出来上がった。だが当然ながらまだまだ完成ではない。

一旦全体が冷えるのを待ってから、再び加熱をする。今度は赤熱するほどには加熱せずに低めの温度で全体を熱してから冷ます。

表面には酸化鉄の被膜があるので砥石で落とした後、鎬地と平地（鎬から刃先にかけての平らな部分）を鎚で叩いていく。

これで締まって斬れ味が増す……ようだ。チートでやってるから本当なのかどうかはちょっと分かっていない。


その作業も終わったらいよいよ焼き入れ……ではない。

いくらチートを使っての作業とは言え、鎚で金属を叩いているので、大小はあれど刀の表面には凹凸がある。

これをヤスリや専用のカンナ（ないので特注モデルナイフで代用）で削って平らに整えるのだ。

微妙な歪（ゆが）みもここで整える。茎と刀身の境もこの段階で作った。

これで刀の形をつくる、という作業はようやっと終わる。

「できたのか？」

「形だけはな。それも一旦、の話だ」

「これで研げば良いのではないのか？」

「まだ焼き入れも済んでないからなぁ……」

「焼き入れ……？」

なるほど、焼き入れと言われても普通は分からんか。

俺がどう説明すべきかと思っていると、リケが先に口を開いた。

「そうやって鋼を硬くするんですよ」

「ほほう」

ずっと一緒に作業を眺めた仲、というわけでもないのだろうが、ニルダはリケの言葉に素直に感心している。

俺は思わず微笑（ほほえ）みを漏らして、次の工程に取り掛かった。

型に使っている粘土、砥石の粉、木炭の粉を混ぜて焼刃土（やきばつち）を作る。前の世界だと配合が工房や職人で違っているようだが、俺の場合はここもチート任せである。

刀身の全体に薄く焼刃土を塗っていく。全体に焼刃土を塗って、刀は黒く化粧された状態になる。

さて、ここからがある意味一番の悩みどころだ。

刀には焼き入れしたときに急冷されるところとそうでないところの境目に、違う組織が混じったものが刃文として現れる。この刃文の形はこの段階で土を塗って決めていくわけだが、この形状が色々ある。

詳しい分類は省くとして、基本的に俺の好みは刃文が波打っていない直刃（すぐは）か、ゆったりと波打っている湾（のた）れ、もう少し波が詰まっている互（ぐ）の目なので、どれかにはなる。

ある意味刀の一番の顔ともなる部分なだけに、どれが良いのかセンスが問われる。

「よし」

俺は焼刃土を塗るための細い棒（その辺の木材を割って作った）を手にとって焼刃土を塗っていく。本当は筆なんかを使って刃文の下書きをしたりするのだが、この辺もチートに任せてしまう。本来ここで筆を使ったりすることはリケには伝えておいた。いきなり土を置こうとして上手（うま）くいかない、って悩んでもいけないからな。

こうして焼刃土を塗り終わる。棟側が分厚く、刃側が薄い。こうすることで刃の側は硬め、棟の側は柔らかめになり、更なる斬れ味と耐久性を得るのだ。

「それは？」

「これで斬れ味と耐久力を兼ね備える。それに……」

「それに？」

「いや、明日のお楽しみだ」

『えぇー』

今、ニルダだけじゃなくてリケも一緒に言ったな。まぁ、仲が良いのは良いことだ。

今日このまま焼き入れまで済ませてしまおうかと思ったが、もう日が暮れかかっている。焼き入れ自体は明日のお楽しみだな。

俺達は作業場を片付けると、夕食の準備の前にかまってやれなかったクルルをかまうべく、一旦外に出た。

クルルは少し拗ねていたが、俺やディアナが撫でたりしてやると、機嫌よくそこらを走り始めるのだった。

◇◇◇

昨日は焼刃土を塗るところまでを行った。今日は焼き入れ以降の仕上げの作業に取り掛かる。焼き入れは刀を作る上で一番重要だ……と俺は勝手に思っている。ここで失敗したらここまでの時間が全くの無意味になってしまうからな。

今日もリケとニルダが見学である。他の二人は採集に出るらしい。半分はクルルの散歩を兼ねてといったところか。

朝の拝礼を終えて、サーミャとディアナを見送ったら魔法で火床に火を入れる。俺は木炭を追加して全部に火が回るよう、やはり魔法で風を送る。

やがてゴウゴウと音がして全体に火が回り、明るさを増してきたので、一旦送風を止(や)めて、焼刃土が乾いた刀身全体を火床に深く入れる。

刀身全体が満遍なく加熱されるように木炭の位置を調整しつつ、温度が安定するように木炭を追加したり、送る風を調節したりする。これらの塩梅(あんばい)は全てチートで掴(つか)んでいる。


やがて刀身が焼き入れに適した温度まで上昇した。

「この温度だ」

「はい」

俺がリケに声をかけると、力強い返事が返ってきた。

本来はこの温度を見極めるために夜間に行って色で把握するのだが、俺はチートを使っているし、リケはドワーフで夜間でなくても温度が分かっているので日の昇っている時間帯にしたのだ。

副次的にニルダに多少の鍛冶の心得があっても正確な温度が分かりにくいという効果が出たが、魔族に赤外線を探知するような能力があれば意味がないので、気休めではある。

見る感じ鍛冶については興味はあるものの、そんなに腕が立つようには見えないので、取り越し苦労でもあるだろうが。

適切な温度になったので、全体を一気に水槽に沈める。この水槽に満たした水の温度も焼き入れでは重要だ。

前の世界では師匠が焼き入れに使う水の温度を知ろうと水槽に手を入れた弟子が、その手を切り落とされたという話が残っているくらいなのだ。

そんな大事なものではあるが、俺の場合はチートで確認済みで、リケには教えてある。俺はこの世界の鍛冶屋だし、感覚もチートだよりだからな……。

水に沈んで急冷された刀身は、ジュウという音を立てたあと、何度かコン、コンと音をさせた。俺の手にも感触が伝わっている。焼刃土によって冷却される速さが違うため、その違いで収縮が起こり今まさに刀身が反っているのだ。

前の世界ではこれらを産声に喩える方がいらしたが、なるほど、これはそう思えるのも納得だ。

水槽から引き上げた刀身は思ったとおりの反りをしている。反りの中心は刀身の真ん中くらいの鳥居反りにして、反り自体は深くなく浅めである。

まだ火のついている火床の炎に刀身全体を晒(さら)してほんの少し温度を上げ、僅かに出た歪(ゆが)みを、丸太を切った台に載せて直す。この工程で焼きの入った部分の焼き戻しもできる。

歪みが取れて冷えてきたら、今度は荒目の砥石で全体を研いで刃文を確認すると、ちゃんと思ったとおりの湾れになっている。

刀といえばこれだよな、と個人的には思っているし、初めて作る刀なので〝それっぽさ〟を出したかったのだ。

「昨日言っていたのはこれか？」

「ああ」

今日も興味津々な様子を隠しもせず、ニルダは質問をしてきた。

「ほら、こうやって文様が出ているだろう？」

そう言って俺は光にかざす。うっすらと刃文が姿を現した。

『おおー』

リケとニルダの仲良し見学コンビが声を上げる。

「刃文といってな。これも刀の見所の一つだ」

「なるほど」

リケが大きく頷(うなず)いた。ニルダは分かっているのかいないのか、その隣でうんうんと頷いている。

全体に問題ないようなので、このまま全体を研ぐ。

とは言ってもまだまだ仕上げではなく、この後の工程に進むためのもので、模型作りでいえばサーフェイサーを噴くくらい、化粧でいえばファンデーション下地の辺りだ。

研ぎを進めていくと、鈍く光る刀身になってきた。前の世界で何度か有名な刀を見たが、それと比べてもなかなか悪くない感じに見える。専門家じゃないし自作だから贔屓目(ひいきめ)があるのは否定しない。

「おお。完成か!?」

ニルダが俺が掲げた刀身を見て言う。

「いやいや、まだまだだよ。これから仕上げていかなくちゃならん」

「そうなのか？」

「北方の刀は芸術品にも喩えられるくらいだからなぁ。今作っているのはそれでも相当実戦よりにしているつもりだが」

「ふうむ」

ニルダが何か考え込みはじめたので、俺は作業の続きを進める。

研いで全体の姿が決まったので、チートを使って鎬地の棟よりに一本のU字の筋――樋を彫っていく。

血抜きのためとか言われたりするが、実際は単に軽量化のためらしい。実際にチートでも強度が落ちているような感覚はない。

樋彫りも終わったので、刀身側を全体に更に綺麗にしていく。これでも模型でいえば塗装完了、化粧でいえばファンデーションだ。樋のところもムラがないように綺麗にヤスリや砥石で磨く。

これで刀身側はもうあとは仕上げをするだけ、というところまで来た。

次は柄の中に収まる部分である茎だ。目釘が通る穴を空け、ヤスリをかけたりして形や表面を綺麗にするが、柄から抜けにくいよう、最後にもう一度ヤスリをかけてこのときに鑢目を残す。

前の世界だとこの鑢目の残し方が人や工房などで様々違っていたりするらしいのだが、この世界でそれを気にする必要があるのかは疑問なので、特に気にはせずにおいた。

そしていよいよ、形を変える最後の作業である。俺はタガネを手にとって、まずは目釘穴の刃側に太った猫が座った姿の刻印を掘る。

そこでカランコロンと作業場の鳴子が鳴った。もうそんな時間か。この次の作業で今日は終わりだな。

そう思っていると、作業場にサーミャ達が入ってきた。

「お、なんだ、まだやってたのか」

「ああ。まぁこれで終わりだよ」

俺はサーミャにそう答えると、再びタガネを手にとって、猫の刻印の反対側に銘を切った。〃但（たん）箭英造（やえいぞう）〃、と。

「よし、これで明日磨いて刃を研いだら刀身は完成だな」

「エイゾウ」

俺がそっと刀身を掲げると、ニルダが声をかけた。

「そこに彫ったのはなんだ?」

ニルダは茎を指さす。

「これか。こっちはうちの工房の製品であることを示す刻印で、こっちは俺が作ったことを示すもの——俺の名前だな」

「こっちの文様のほうだな」

「ああ」

銘は〝日本語の漢字〟で切った。この世界の北方の文字とも微妙に違う（とインストールが教えてくれた）ので、俺と同じ境遇で漢字を知っている人間がいない限りは分からないはずだ。

「うちの秘伝の文字、ってことになるな」

俺は暗に意味なんかを教えてやれないことを告げる。職人にとって秘伝とは命と同義であることはニルダも分かっているだろう。なんか目がキラキラしてるけど、分かってるよな？

リケやその他の面々も「ほほう」とか言って感心している。そのうち名前を漢字で書いたらどうなるのかは考えないといけないかも知れない。

リケはともかく、ディアナとかサーミャとかはキラキラネームになる未来しか見えないのがつらい。

「これはあやつのには入ってないのか？」

キラキラしたままの目で聞いてくる。あやつとはヘレンのことか。

「ああいう剣に入れる風習は俺のところにはないから、刻印はともかく、銘は入れてないな。今回は北方の刀だから入れただけで」

「そうか……。そうかそうか。うむ。良い。良いぞ」

ニルダのテンションが上がる。ヘレンのにはない、と聞いて嬉しいようだ。ライバルとして見ているんだろうと思う。これが武器でなければ微笑ましいんだがな。

採集に行っていたサーミヤ、ディアナが今日採ってきたのはスモモっぽい果実と、ハーブがいくつかだ。

そのハーブを失敬して、猪の香草焼きみたいなものを作った。ハーブも結構数が揃ってきたなぁ。

猪はなんというか野生の豚って味なのだが、ハーブのおかげでその癖の強さが抑えられていてあっさりしているように思う。

「おお、これも美味いな！」

ニルダが大声を上げる。はしたのうございますよ、お嬢様。いや、本当にお嬢様なのかどうかは知らんが。

どうやら家族の皆にも好評のようだし、これも時々はやるか。

スモモっぽい果実も若干癖はあるがなかなか美味かった。砂糖が大量に手に入るようなら火酒と漬け込んでも美味いんだが、砂糖って高いんだよな。

◇　◇　◇

翌朝、朝の食事の準備を終えた後、俺は小さな壺の様子を見た。中にはシュワシュワと泡を出す液体が入っている。これは結構上手くいったんじゃなかろうか。今このまま仕込むか。
その液体――リンゴの酵母が培養された酵母液と小麦粉と水を合わせてこねる。後は酵母ちゃん達の頑張りに任せよう。

朝の拝礼をして、昨日形の出来上がった刀身を磨いていく。リケ達は今日は剣を作っていくらしい。

慌ただしく、そして大きな音を立てる横で、ニルダに見守られながら俺は静かに研ぎの作業を始めた。

研ぎの作業は本来は研ぎ師と呼ばれる専門家の作業で、ちゃんとやれば通常で二週間前後、ときには半年以上もかかる作業なのだが、俺の場合はチートがあるし、全ての道具があるわけでもないので実戦で困らないレベルまで、というアレンジになる。

大雑把に言ってしまえば、やる作業そのものは他の刃物と大きく変わるわけではない。荒目の砥石から始めて、細目の砥石で砥石目を消していく。

そのときに沸や刃文などを美しく見せるのが本来の研ぎの作業だが、今回はそこまではやらないし、やれないのが実情ってことにはなる。

灰を混ぜた水を使いながら、ゆっくりと刀身を研いでいく。短めではあるが、十分に長い刀身を綺麗に研いでいくのはなかなかに難しい。

だが、チートのおかげでなんとかなっている。

せっかく刀として作っているので、できないなりにも可能な限り美しい刀身に仕上げたい。そんなことを思いながら刀身を磨き上げ、刃を整えていく。

やがて全体が白っぽく研ぎ上げられたので、鍛造したときの鉄の粉と油を混ぜたもので拭って鎬地側を黒っぽくしたり、鉄の棒で擦って磨き上げたりといった作業を地道に行った。

作業はかなり端折って行ったし、チートも併用したのでかなりのスピードで行えたはずなのだが、今日ももう既に日が落ちかけている。

しかし、これで刀身としては完成を見た。

「よし、できたぞ」

「おお、ついにか」

「この後、鐔や鞘なんかも必要だが、刀身自体はこれで完成だ」

鎬地の黒さと、刃の白さのコントラストが美しい。落ちかけている陽の光で透かせば刃文もはっきり分かるし、いかにも刀といった風体に仕上がった。

「早く扱ってみたいものだが」

「まぁそれはまた明日だな」

俺はニルダをなだめながら、夕食の準備をすべく、作業場の片付けを始める。

完成した刀身は一旦神棚の下に安置した。神棚と刀って雰囲気あるな……。特注モデルじゃないやつを一振り作って飾っておくのはありかも知れない。

いつもならディアナと稽古をしてから夕食の準備なのだが、今日は先にやることがある。綺麗に手を洗って、朝に仕込んでおいたパンの様子を見ると、かなり膨らんでいた。

膨らんでいる生地のガス抜きをして五つにまとめてから、湯を張った鍋に水を加え、その上に板を渡してまとめた生地を並べる。これで上手くいくといいんだが。

俺はその状態でディアナとの稽古に向かった。


戻ってくるとパンは再び膨らんでいる。これなら焼いても大丈夫そうだな。オーブンはないので、鍋を利用して似たような感じで熱が回るようにする。ダッチオーブンといえばカッコいいが、そこまで良いものでもない。

一つの鍋とかまどでスープを作り、もう一つでパンを焼く。どちらからもいい匂いが立ち昇ってくる。これはなかなか期待が持てそうだ。

やがてどちらも完成して、食卓に並べていく。

「今日のパンはいつもと違うな」

サーミャが鼻をヒクヒクさせている。

「いつものパンは発酵させてないが、今日のは発酵させてるから柔らかいぞ」

「へー」

サーミャは突こうとして、リケに手をペシッと叩かれている。

俺達は笑いながらいただきますを言って食べ始めた。

スープはいつもどおりの味だが、パンがフワフワでほんのりリンゴの匂いがして美味い。鍛冶ほどではないにせよこういうことにもチートが有効なのは助かる。

「おー、ホントにフワフワしてる」

サーミャがパンを千切りながら言う。口でその柔らかさを確認するかのように頬張った。

「柔らかいパンってのも美味いもんだな」

「だろ」

「家で食べてたのと比べても遜色ないわね……」

こちらはディアナだ。伯爵家なら毎日のように柔らかいパンを食べていただろうし、そのディアナの評価なら信頼できる。リケも無言で美味そうに頬張っている。

「エイゾウ……」

パンを口にしたニルダが妙な迫力をもって言ってくる。

「な、なんだよ」

その迫力に俺は思わずのけぞる。

「お主は何者なのだ」

「俺はただの鍛冶屋だよ」

「ただの鍛冶屋がこんなところに住んで、柔らかいパンを焼く技術を持っているわけがなかろう」

ニルダの言葉に、俺以外の全員が頷く。

「じゃあ、色々できる鍛冶屋」

「だから何なのだそれは……」

明らかにニルダが呆(あき)れている。

だが、詳細に「実はチートを持っていて」なんて言ったところで信じてもらえるはずもないからなぁ。

「今のところはそれで納得してくれ」

「むう……」

もちろんそれで納得できようはずもないが、俺に説明する気がないと分かるとニルダはそのまま食事に戻った。

◇　◇　◇

翌日、今日からは刀身以外の部分の作製に取り掛かっていく。具体的には鐔と柄(つか)と鞘だ。

これらも本来であればそれぞれに専門の職人がいる。俺の場合はチートでまかなって実用に耐えられるものにできるのだが、北方ではどうしているのだろうか。

一度北方に行ってみる必要があるかも知れない。

まずは鐔と柄と刀身と鞘の全てを結びつける大事な部品、鎺(はばき)を作る。刀を抜いたときの刀身の根本にある金色のアレ、というと分かりやすいだろうか。

小さめの板金を割って刀身に合わせた形に加工していく。これも銅なんかを使ったりロウ付けしたりといった工程が存在はするが、俺の場合はチートを使って鋼で合わせてしまうのだ。

この部分が鐔や鞘と組み合わさるので、チートを使っているとは言ってもかなり気を使う部分である。

形ができたら冷えた状態で、鎚で叩いて締めながら刃の根元まで押し上げていく。最終的な位置を決めてヤスリで磨いて仕上げた。

「細かい作業だな。そんなこともこなさねばならぬのか」

「なんせ〝色々できる鍛冶屋〟なもんでな」

そう言って俺は肩をすくめた。

それを見たニルダがフフッと笑い、直後になんでもなかったかのように取り繕う。

俺はそれを見なかったふりをして、作業に戻った。


鎺も装飾のために彫刻を施したり、金を巻いたりすることもあるのだが、今回はこれで良いことにする。

次は鐔だ。これも様々な形状があり、笄や小柄を収める穴が空いているものもあるが、今回それらは付属させないし、必要なら国許で作ってもらえば良いものなので、丸型で凝った装飾はなしということにした。

となれば、比較的作りやすい部類に入る。俺の場合はチートという強力なアドバンテージがあるからではあるが、基本的には板金を丸くして鎺が入る穴を空ければ完成だ。

ただこのままではあまりにあまりなので、薄めで縁取りが入るようにはしておいた。これで必要とあれば国許で彫刻してもらえば装飾も楽だろう。

そして柄である。木で茎が入る箇所を作り、目釘穴に合わせて柄にも穴を空ける。

左右で組み合わせて茎を覆うような形にして麻布でぴったりと覆ったあと、革を菱形に巻き、巻いた革の端を留めるように、鋼で作った柄頭を嵌めれば完成である。

この工程、本来は鮫皮で包んだり、組み紐を巻いたりするのだが、どっちもこのあたりでは手に入りにくいので、俺なりのアレンジということになる。

北方の職人がもしそれらを入手していたら、この仕事ぶりを見て憤慨するかも知れないが、南の職人が頑張った成果として、笑って許して欲しいところだ。

最後に鞘を作らねばならないのだが、ここらで日が暮れてきた。鎺と鐔はともかく、柄はチートが使えても専門外なので思いの外時間がかかったためだ。

それでも一旦は姿が見たいので、鎺と鐔と柄を組み合わせてみた。鎺に鐔を嵌め込み、茎を柄の中に収めたら、木で作った目釘を入れて固定する。

こうして組み上がってみると、当たり前だが抜き放った刀そのものの形になった。

「おお……」

ニルダが思わず声を上げる。この反応なら完成時にも満足してもらえるだろう。俺はそう思いながら刀を神棚の下に安置して、作業場の片付けを始めた。

片付けが終わったら夕食だが、今日はいつもどおりに無発酵パンである。発酵パンはストレート法にせよ中種法にせよ、やはり手間がかかる。

アレはたまに作る感じになるな。俺がそう言うと、予想に反して不満は出なかった。

「いや……普通の鍛冶屋で柔らかいパンが毎日出てくるとか、どこの貴族だって感じであろう」

ニルダが呆れた声で言い、周りの皆が頷(うなず)く。言われてみれば確かにそうだ。

いくらこの世界で柔らかいパンが普通にあったとしても、貴族でない平民が常食できるかどうかは別だもんな。

「なるほど。じゃあ、客で食べられたニルダは運が良かったたってことで」

「うむ」

ニルダが大きく頷いて、パンの話は切り上げとなった。

四、五日も滞在しているとニルダもリケ以外の人に慣れてきたようで、食事のときの口数が多くなっている。
昨日と今日は魔界について、ニルダが話せそうな範囲で話してくれていた。

魔族も魔力を補給して暮らしていること、国境はこの森からはかなり離れていること、魔界のほうがこの森よりも更に魔力が濃いことなどである。

ただし具体的な地理は教えてくれなかった。まあ、どの世界のどの時代でも正確な地理は軍事情報だしな……。

更に話してくれた内容からいえば、基本的に生活様態はこっちとさほど変わらないらしい。

大きく違う点といえば、魔力が濃いということは魔物が発生しやすいということだが、魔物が発生しても魔族は魔物には基本襲われない。

そうはいっても、魔族の命令に従うわけでもないようだ。俺達でいう野良犬のような扱いか。

人間界からも商人の行き来は多少あるらしい。だが濃すぎる魔力のせいで普通の人間ではあまり奥に行けないらしく、魔界の端のほうでの取り引きしかないようだ。

もしかするとカミロも取り引きがある可能性はあるな。わざわざ聞こうとは思わないが。

◇　◇　◇

次の日、いよいよ刀の最終工程、鞘を作る。これも本来であれば専門の職人が作るものであるが、全く凝ったものでなければチートでなんとかできるからな。

鞘の外形自体はチートでやれば難しい話ではない。これまでにもナイフや剣の鞘を作ってきたが、基本的には同じである。

ただ、刀には反りがあるので、鞘も反りを合わせなくてはいけない。ここが合っていないと抜き差しに影響が出る。

この世界の北方で同じことを言うかは知らないが、〝反りが合わない〟の語源だ。

作業場に置いてある木材をナイフで削って大体の形を合わせる。その後刀身が収まる部分を、実物を当てながら削って作る。棟と鎺だけが鞘に接し、他は触れないのが良いので、そうなるようにだ。

鞘の鯉口(こいくち)は鎺よりほんの僅かだけ狭めて、すっぽ抜けたりということがないようにする。

これを左右で一枚ずつ作って貼り合わせるわけだが、本来は米で作った糊(のり)で貼り合わせるところを、それがないので膠(にかわ)で貼る。

なるべく接着点が少なくなるようにして、剥(は)がすときに難しくないようにはしておいた。

左右貼り合わせた後、外形を綺麗(きれい)に整えていく。漆もないので今回は白木のままだ。もし綺麗なものが欲しければ国許で作ってもらうしかない。

その後は、板金を加工して部品を作る。鯉口の周りに留める口金物(くちかなもの)、鞘(さや)を留めるための輪と、佩(は)くための下緒(さげお)を通す栗形(くりかた)、鞘のお尻側に嵌める部品――鐺(こじり)だ。

鞘を留める輪を鎚で叩いて締めながら、鞘の左右が外れないように固定する。その輪に栗形を取り付ける。そこまでやったら、今度は鯉口のところに口金物を嵌める。

最後に鐺（これもシンプルに覆うだけのデザインにしてある）を嵌め込んで、ようやっと鞘が完成した。


ようやっととはいうものの、本来であれば二～三週間ほどかかるところ、一日というのはチート恐るべしと言うよりほかかない。全体でも一週間しかかかっていない。

普通の作業なら必要な細かい修正なんかがほとんどないし、長さを測ったりという手間もほとんどかけていない。刀身を当てて合わせたのがほぼ唯一と言っていいくらいだ。

ただ、ほぼ一週間はかかっているわけで、楽に量産できるという話でもないな。

「よし、これで完成だな……」

出来上がった鞘に刀を抜き差ししてみる。収めるときにも鯉口を切るときにも、固すぎることも緩すぎることもない。

刀でもなんでもそうだが、武器は使おうと思ったときに適切に使える、ということが一番大事だと俺は思っている。使おうと思っていないときに危害を加えてしまったり、使おうと思ったときに使えないのではダメだ。

それでいえば今回作った鞘は俺の中ではかなり上出来の部類に入ると言っていいだろう。


「できたのか⁉」

ニルダが待ちきれないといったふうに聞いてくる。彼女は律儀に全工程を見学していた。面白かったのか、何か変なものを仕込まないか監視していたのかは分からない。

「ああ。外で試してみてくれ」

「分かった！」

ニルダはがっしと鞘に収まった刀を掴むと、外に飛び出していった。

刀をひっつかんで外に飛び出したニルダは、太陽が最後の一仕事をする中、鯉口を切って、すらりと鞘から抜き放った。鞘は近くの地面に放り投げている。

「ニルダ、敗れたり」

俺は思わずボソリと呟いた。そんなに大きな声でもなかったと思うのだが、ニルダには聞こえていたようで、

「エイゾウ、なぜそのようなことを言うのだ」

とちょっとしょんぼりした顔で言われた。

「すまんすまん。俺の故郷の逸話でな、決闘のときに鞘を放り投げた剣士が、相手の剣士に言われた言葉なんだよ」

小次郎、敗れたり。宮本武蔵と佐々木小次郎が巌流島で決闘したときに、鞘を投げた小次郎に武蔵が言った言葉だとされているアレだ。

「〝勝つ気があるのなら、勝った後刀を収める鞘を捨てるはずがない〟とかでな」

「なるほど。確かにそうだ。気をつけねば」

ニルダは感心したように言う。

「まぁ、今の格好だと腰から提げるのもおかしいし、気にせず試しに振るってみてくれ」

「あい分かった」


ニルダがスッと刀を上段に構え、振り下ろす。その空間ごと叩き切るような一閃。有り体に言って美しいと形容するのが一番正しいだろう。

肌の色や刺青や服装などは全く気にならなかった。

同時に俺は冷や汗をかいていた。今の一閃を見て、俺がやりあって勝てるか疑問になってきたからだ。ヘレンはアレをあっさりと打ち倒したのか。

俺達の荷馬車を襲ったときは武器の性能や使い慣れていないのもあるのだろうが、そもそも剣があっていなかったのだろう。

どうりで動きがぎこちないと思った。戦闘スキル（のようなもの）もそこまでは見抜いてくれないらしい。

俺は内心の動揺を悟られないよう、努めて冷静にニルダに声をかける。

「どうだ？」

しかし、ニルダは答えずに横薙ぎ、切り上げ、突きなど様々な剣筋を描いている。

さながら金色の光のヴェールを纏って舞を舞っているかのようで、俺は焦りを忘れてしばし見入ってしまう。

やがてニルダは舞を止めた。俺はハッと再び声をかける。

「刀の具合はどうだ？　違和感があるなら明日一番に修正しておくが」

やはりニルダは答えない。刀を片手に、ふるふると震えている。そしてゆうらりと俺のほうへ顔を向ける。

しまったな、鞘を作ったときにナイフを使ったから、今手元にない。

俺はチラリと作業場の入り口の位置を確認した。いざとなったら駆け込んで応戦するよりほかない。その前に斬られなければの話だが。

「素晴らしいな!!!!」

俺が内心ヒヤヒヤしっぱなしでいると、バカでかい声でニルダが叫んだ。何事かとサーミャ達が飛び出してきて、クルルも小屋のほうから様子を窺いにやってきた。

「あ、いや」

それに気がついたニルダは赤面して居住まいを正す。

「うむ。これは大変素晴らしいものだ」

「そ、そうか。なら良かった」

俺はホッと胸をなでおろした。サーミャがそれを見てニヤニヤしている。大きな感情の動きは察知できるからな。

もしかするとさっきまで焦っていたのも、ずっと気がついていたかも知れない。

ちょっとニルダをなめてかかっていたのは確かなので、無言でも抗議などはしないで反省しておこう。

クルルが何事もなさそうだと分かったようで、のそのそと小屋のほうへ戻っていく。

俺達もそれを見て家に戻るのだった。


刀が完成した以上、うちにいる理由もないから翌日早々に帰るとニルダが言い出したので、その日の夕食はいつもより少し豪華めにしておいた。

パンが発酵パンでないのは今では不十分な気はするが、肉はいいところを使っているのでそれで勘弁してもらおう。

夕食の間は特に大事な話も出なかった。取り留めのない話を誰かがして、皆が笑う。そんな時間が続いた。夕食も終わり、後は片付けて寝るだけといったところで、ニルダが言う。

「お前達には本当に世話になったな」

「お客なんだから、気にするなよ」

「ふむ。なるほど」

ニルダはそう言って立ち上がると客間に入り、すぐに戻ってくる。手には革袋を持っていた。

「客であれば然るべき報酬を支払わねばならんな。いくらだ？　金貨三十枚か？」

「うん？　ああ、そうか」

この辺り無頓着なのがなかなか抜けない。いずれ直さねばな……。

「うちでは特注品は客の言い値を貰うことになっているから、好きな額でいいぞ」

ニルダが凄い金額を口にした気がするが、そこは気にしないようにして答えた。

「ふむ、そうなのか。鍛冶屋なのに剛毅だな。エイゾウはもうちょっと儲けることを考えたほうが良いのではないか？」

ニルダの言葉にリケとディアナがうんうんと頷く。サーミャはあまりピンときていないのか、若干首を捻っていた。

「ヘレンがお前にうちの製品の優秀さを見せつけて、今回お前が来ただろ？　そうやってうちの評判がよくなれば客が増えるし、特注品は俺にとっても勉強になってるんだからそれでいいんだよ」

「なるほどなぁ……」

ニルダはあまり納得はしてないようだが、とりあえずは受け入れてくれたようだ。

「では、これくらいであろうか」

ニルダが革袋をゴソゴソと探り、中身をテーブルの上に並べた。

ニルダが取り出したのは、金貨が十枚と一つの小さな宝石だった。

「私が正当な報酬だと思うのはこのあたりだ。受け取るが良い」

言われて俺は確認する。金貨は意外なことにここらでも流通しているものだった。人間界とも取り引きがあると言うし、そこで手に入れたものだろうか。

宝石のほうは真っ赤に透き通っている。紅玉（ルビー）だろうか。宝石についてはインストールでは分からなかった。

チートで加工はできるんだろうが、種別まではさっぱりだ。大きさは小指の爪くらいだ。

ランプの光に透かしてみると、中で何かがゆらゆらと揺らめいている。

「魔宝石ですね、それ」

俺が宝石を矯（た）めつ眇（すが）めつしていると、リケが言ってきた。

「魔宝石？」

「澱（よど）んだ魔力が更に固まったものだ」

俺の疑問にはニルダが答えた。

「通常澱んだ魔力は魔物などに変質してしまうのだが、稀にそうならずに固まることがある。そのときに閉じ込められた魔力が、光に透かしたときにゆらゆらと揺らめく」

「それって大丈夫なのか？」

「こうなってしまうと流れ出したりはしない。取り出せもしないのが残念だが」

平気と聞いて、ディアナが手に取ってみる。

「綺麗ね」

「そうであろう。魔界でもたまにしか出ない逸品だ」

ニルダが胸を張って言った。魔界は魔力が濃いと言うから、それなりに産出するのだろうか。人間と取り引きしているのもこれらの輸出かもな。

「なるほどねぇ」

俺はディアナから魔宝石を引き取って眺める。

「まぁ、金貨で四十枚は下らぬだろうな」

「えっ」

宝石だから高いとは思うが、こいつがそんなにするものなのか。

「こっちでは貴重ですからね。もしかすると、もっと値が上がる可能性もあります」

リケが後を引き取った。となると、ニルダはあの刀に金貨で五十枚かそれ以上の値を付けたことになる。

「いいのか？」

俺はニルダに聞いた。

「良いも悪いも、エイゾウが値をつけろと言ったのであろう？　私にとってはこの値が正当だ」

笑いながらのニルダの言葉に俺はぐうの音も出ない。

「じゃ、遠慮なく貰っておこう」

「そうしろ」

俺とニルダは二人でニッと笑うと、握手の代わりにまだほんの少しだけ中身が残っていたカップを打ち合わせ、中身を呷った。

◇◇◇

翌朝、旅支度を整えたニルダをクルルも含めた家の全員で見送る。俺はニルダに言った。

「まっすぐ魔界に戻れよ。戻るまではなるべくそいつを使わないでいてくれるとありがたい」

その可能性もあることを覚悟はしたが、少しでもその機会が訪れないでいてくれるに越したことはない。戦場でも使うなというのは無理だろうが。

「〝物忘れ〟を使ったとは言え、ここいらに長い間いても捕縛されなかったのだぞ？　そこらの人間ごときに今更後れをとることもあるまいよ」

「だと良いんだが。くれぐれも寄り道せずにまっすぐ戻るんだぞ」

「分かった分かった。姉上のようなことを言うな」

苦虫を噛み潰したような顔でニルダが返す。姉上殿はなかなか厳しいお方のようだ。姉上のお言いつけを守って無事に帰って欲しいと思うのが正直なところだが、戻れば無事が確約されるわけではないのが複雑な感情を俺に呼び起こす。

俺はその感情を押し殺して、ニヤッと笑うに留めておいた。


「ではな」

「ああ」

俺とニルダは握手はしなかった。お互いにそうするのは何か違うように感じたからだ。サーミャ達もそれを察したのか、何も言わない。

ニルダはフードを被ると、森へと消えていく。俺達はしばらくその後ろ姿を眺めているのだった。

4章　魔物討伐隊

翌日からは普通の鍛冶仕事を再開する。この間入手したアポイタカラに取り掛かりたいし、十分な収入もあった。

しかし、継続的な仕事というのもやっていかないと、時々来る依頼だけに頼るわけにもいかないからなぁ。

なので、サーミャとディアナに鋳造するところまでをやってもらって、そこからの仕上げを俺が行う形での高級モデルのショートソードとロングソードの作製を三日ほど行うことにする。

その間、リケはナイフの製作だ。日用品に近いナイフは一般モデルをリケが、高い品質のものが求められる剣は高級モデルを俺が多めに作製する感じでやっている。

もちろん、どれをいくつといった発注があれば話は別だが、カミロからそういった注文が来たことは、こないだの伯爵閣下からの要請だったハルバード以外ではない。

だから今のところ、納品量は俺の胸三寸で決まってはいる。でも、この辺りもそのうち要望が来るかも知れないのは、計算に入れておく必要があるだろうな。

ニルダが来る前、魔力の話をリディさんから聞いたので、今回最初の一本はそこを意識してみる。いつもどおり、ムラのようなものを見つけて、平均化していく。

このときには魔力はほとんどこめられていない。薄く入り込んでいるようではあるが、特注品のときに比べると凄く僅かだ。

やはり高級モデルと特注モデルの一番の違いは魔力の量といって間違いない。

高級モデルでは素材そのものを最大限に活用しているから、それなりの努力と才能がいるとは思うが、普通の人間でも到達できるので、都でも何人かは近いものを作れる職人がいるというのも納得できる。

前にも思ったが、高級モデルであればたくさん世の中に出しても問題あるまい。

特注だと魔力の含有量でおかしいことを見抜く人もいるだろうから、こっちはあんまりガンガン出すのも考えものだな。

そんなことを考えながらも、三日ほどの作業は順調に進んで、次の納品までに十分な量を確保できた。

◇　◇　◇

翌朝、朝の日課をこなして街へ行く準備をする。荷車に作った剣とナイフを積み込んでいく。このあたりの作業はもう頭が半分寝ていようともできるな。

積み込みはいつも種類ごとにまとめて大きな布で簀巻きにして、ドンと置いて縄で固定する。ナイフは同じことを蓋のない箱に入れてやるだけである。

この箱はカミロのところで買った小物（胡椒とか）を入れて持ち帰るのにも使うので、なかなかに重宝しているのだ。

「それじゃあ、今日も頼むな」

俺がクルルにそう言うと、クルルは一声鳴いて歩き出した。

以前はサーミャとディアナが護衛としてついていたが、今は荷車に一緒に乗っている。

周囲を警戒する、ということは変わらないが、以前とは少し違うことも確かだろう。

緑色の風景の中を荷車がガタゴトと進んでいく。鳥の声以外には風が吹いたときに葉擦れの音がするだけなので、荷車の音が殊更に大きく聞こえる。

往来するのが一週間に一度程度だし、元々この森の土は固いので、ほとんど毎週通るこの森の中でも、轍は特に残っていない。

轍が残っていないことは問題ないのだろうが、〝例の条件〟がある以上、頻繁に来るわけでもない客のことを考えると道を整備しないのがはたして良いことなのだろうか、というのはどうしても考えてしまう。

別に野生動物が山道に近づかないということはないのだし、家から途中まででも整備を考えたほうがいいのかもな。

今日も間に休憩を挟みつつ、森の入り口まで無事にやってこられた。途中、サーミャが何度かコースを変えたりしたのはその先に何かいるからだろう。

そういったことも考えると入り口側に道を整備するのは難しそうだ。路上で出くわすときの対応がかえって面倒になりかねない。

ここからはいつもどおり街道を行く。前の世界のローマ帝国のように石畳で整備されているわけではないが、十分に固められていて荷車の揺れも格段に減った。

見晴らしのいいところだし、衛兵隊が巡視しているので野盗もほとんど出ない。賊というのはニルダだったし。

だが、ほとんど出ないということは、たまに出るということでもあるわけで、油断はできない。いつもどおり警戒を怠らずに進んでいった。


何事もなく街の入り口までたどり着いた。衛兵さんが鋭い眼差（まなざ）しで通行人をチェックしている。彼らにとっては賊はまだいる認識だからだろう、普段より更に鋭いように思える。

確認する勇気はないが、多分普通にしてても犯罪者が分かったりするんだろうな。

こっちをチラッと見て、幾分視線の厳しさが緩んだ衛兵さんと挨拶を交わして街へ入る。

行き交う人々の足で十二分に踏み固められた道を行く。俺達と同じような馬車（うちのは竜だけど）もすんなりと走っていて賑（にぎ）やかだ。

あの壁の中の道は石畳で整備されていたりするんだろうか。俺は元々は街の外壁だった壁を見やりながら、そんなことを考えた。

カミロの店に着いた後にやることはいつもどおりだ。クルルを裏に回して、丁稚(でっち)さんに預けたら商談室へ行く。

店に俺達が卸す量と、欲しいものの話をしたら、いつもなら後は雑談だ。だが、今日は違っていた。

「エイゾウのとこはたくさん剣を作るとなると、どれくらい作れるんだ?」

カミロは俺にそう切り出した。

「品質を落として、なおかつ一種類でいいなら、普通のほうは今の六倍近くはいけると思うが。高級なほうを作らなくて済む分、作る量は増える」

俺が一般モデルを量産速度優先で作ったら、おそらくリケの二倍程度の速度で製作が可能である。ということはリケ三人分なので三倍の速度で、ナイフを作る時間をまるまる剣に充てれば二倍で六倍である。

「なるほどな……」

それを聞いてカミロが考え込む。

「入り用なんだったらやるぞ? ただし、他の納品は諦めてもらうことになるが」

「それなんだよなぁ」

うーん、とカミロは悩んでいる。俺達の商品を小売りしてるだけじゃないらしいので、そっちの都合をどうするか考えているのかも知れない。

毎回全部買い取るということは、ちゃんと売れてるということだろうし。それなりの数を毎回買い取って、不良在庫をどんどん増やすほど、カミロは甘くない……と俺は思っている。

カミロの商人としての才覚への信頼でもある。


カミロはしばらくうんうん唸りながら考えていたが、やがて、

「よし」

と顔を起こした。即決のきらいがあるカミロにしては、珍しく長考していたな。

「次の納品は、全てロングソードでお願いできないか？　数は多いほど良い」

「さっきも言ったが別にかまわないぞ。来週の納品は、全部普通のロングソードでいいんだな？」

「ああ。ちょっと待っててくれ。すぐに戻ってくる」

カミロはそう言うと部屋を出ていった。なんでそんな数が入り用なのかは気になったが、要ると言うなら要るんだろう。敢えて理由は聞くまい。


はたしてカミロは宣言どおりすぐに戻ってきた。手には二枚の紙を持っている。羊皮紙などではなく、亜麻や木綿なんかで作られたものである。そこにはいくつかの文章が書き付けてあった。

「二枚が同じことを確認したら、片方持っていってくれ」

俺にその紙を差し出しながらカミロが言う。俺は書類に目を通した。

その書類を要約すれば「来週までにありったけのロングソードを用意してくれ。その暁には十分に報酬を払う。支払いはロングソードとこの書類と引き換え」ということだ。カミロのサインも入っている。

言うなればこれは発注書だな。報酬額などが具体的に書かれてないのは、納品量をこっち次第にしてくれているからだろう。

例えば五十本、と具体的に書いてくれても良かったのだが、そこは不慮の事態の場合にカバーできるようにしてくれたと思っておこう。発注書にしては随分曖昧だが、持ちつ持たれつだ。

「確かに」

片方の内容を確認し、もう一枚が同じ内容であることと、カミロのものらしき拇印(ぼいん)が割り印として押捺(おうなつ)されていることを確認した俺はその発注書を懐にしまいこんだ。

よくよく考えれば、特注とか俺から売り込んで、というか売りつけて追加発注（ハルバードのときの話だ）、みたいなの以外でちゃんと依頼を受けるのは初めてかも知れないな。その最初がカミロで良かったとは思う。

注文の話が終わった。次は俺の番だ。

「俺からも二つほど頼みがあるんだが」

「エイゾウが？　珍しいな」

「まぁ、ちょっとな」

「いいぜ、なんだ？」

俺は懐に入れた手紙を取り出してカミロに出した。

「まずはこいつをマリウスに届けて欲しい」

「内容は？」

「街道に出ていた賊についてだな」

俺はニルダのことをかいつまんでカミロに話す。カミロは驚きながらも、「まぁエイゾウのやることだからな……」と納得はしていた。

「それで、問題はなかったのか？」

「ああ。俺の言いつけを守っていてくれたなら、もうとっくに国に帰っているはずだ」

「つくづくお前はトラブルに巻き込まれるな」

「一番大きいのはお前とマリウス絡みだっただろ」

俺は苦笑してカミロに返す。カミロも「違いない」と笑いながら言っていた。


「こっちは分かったよ。責任を持って必ず届ける」

「頼んだ」

「で、もう一つは？」

「種芋の入手と、北方の調味料の入手を頼みたい」

「なるほどねぇ……」

俺の要望を聞いてカミロは思案顔になる。

「何かまずいことがあるか？　それなら……」

「いや、そういうわけじゃない」

俺が遠慮しようとすると、カミロは片手を振ってそれを遮った。

「種芋は幾らでも調達できるが、北方とのやり取りは俺は強くないから、少し時間がかかりそうだ」

「いいぜ。調味料のほうは気長に待つよ」

「そうしてくれると助かる。北方の調味料はなんでも良いのか？」

「ああ。入手できて保存の利くものはなんでもだ」

「分かった。俺の名前にかけても必ず確保しよう」

「すまんな」

「良いってことよ。これが俺の仕事だからな」

カミロが笑いながら言い、俺とカミロは今一度の握手を交わすのだった。


帰りも街道はのんびりした風景が広がっている。時々、警戒をしても何もないから、警戒しなくてもいいんじゃないかと思うこともある。

しかし、カミロの話でも時折は野盗が出たりしているし、少し前にヘレンも大きな盗賊団の討伐をしたと言ってたからな。気は抜けない。こういうのは気を抜いた瞬間にくるしなぁ……。

はたして、この日も街道には何も出なかった。普通の人間であれば、この先の森の中のほうこそ警戒を怠れないのだろうが、俺達にとっては勝手知ったるである。むしろ気が楽なくらいだ。

ただ、森の動物達をいたずらに刺激することは望むところではないので、なるべく出くわさないよう、サーミャが中心となって警戒はする。

ちょくちょく動物達の近くを通ったが、特にトラブルは起きなかった。

まぁ、こっちには走竜のクルルがいるってのもあるだろうけど。

家に着いて、荷物の運び込みを終えたら、そこから今日は自由時間だ。

俺は明日からの量産に備えて、あらかじめ型を用意しておくことにした。

このところサーミャとディアナにやってもらっていたから久しぶりだ。木型に粘土を貼り付けて乾かし、鋳型を作る。

その作業を夕食の準備の時間まで繰り返すと、かなりの数になっている。これなら明日からの量産に困ることはないな。俺は一つ頷く（うなずく）と、夕食の準備のために家に戻った。

◇◇◇

翌日、朝飯の後の作業分担の時間。俺達はいつもの朝食後のテーブルに座ったままとは違い、作業場に移動し、神棚に拝礼してから、打ち合わせを始める。

「あの場にいたから知っているとは思うが、我がエイゾウ工房はロングソードの量産を依頼されている。なので、今日からは俺も含めて全員それに取り掛かる」

俺がそう言うと、三人から言葉は違うが同じ意味の返事がくる。

「できるだけ効率よく動こう。ディアナは型を作り続けてくれ」

「分かったわ」

「サーミャは鋳型に流しこむ作業。バリ取りも今日はやらなくていい」

「おう」

「リケと俺で仕上げていくぞ」

「はい。分かりました」

「急ぐことは大事だが、焦って事故を起こさないように気をつけていこう。一つ一つの動作はゆっくりでもいい。確実に安全にこなすんだ。『ゆっくりはスムーズ、スムーズは速い』ってのを頭に入れて作業してくれ」

「それは北方のことわざかなにかか？」

俺の言葉をサーミャが混ぜっ返してくる。

「まぁ、そんなようなもんだ」

実際は前の世界で、特殊部隊の訓練なんかで言われる言葉だけどな。

「よし、それじゃ取り掛かろう」

『はい（おう）』

こうして、我が工房初の大量受注生産が始まった。

そうして気合いを入れたはいいものの、火床と炉に火を入れないことには始まらない。火を入れて温度が上がるまでの間は、四人全員で型を作る作業をして過ごす。これらの型も早ければ今日中には全て使い切ってしまう。

型は焼成して組織が変わってしまうほどのことにはならないので、ある程度は再利用できるが、いくらかは損失も出るので、いずれ補充の必要性が出てくるだろう。

ひょっとすると今回の量産が片付いた頃には新しい粘土の補充が必要になっているかも知れない。だが今はとにかく量産を目的として作業するのみである。

炉の温度が上がり、鉄石を入れて融(と)けた鉄を取り出し、その後で型に流しこんで冷えるまでの間も、俺とリケは出番がない。

このタイミングだと一番忙しいのはサーミャだ。融けた鉄をせっせと型に流しこんでは、炉に追加の鉄石を放り込んでいる。

このペースなら俺達が仕上げに取り掛かった後も、手持ち無沙汰になることはなさそうだ。

サーミャのほうがそうなる可能性はあるが、そうなったら型作りの手伝いで回していけるだろう。

やがて冷えてきた剣を型から取り出し、やっとこで掴んで鎚で叩いてバリを落としたら、火床に入れて加熱し、「いいところ」で取り出して今度は仕上げるために鎚で叩く。

俺が先に始めたが、リケも負けじと鎚を振るって仕上げを進めていく。チラッと見た限りでは、高級モデルとまではいかないが一般モデルとしてはなかなかいい出来だ。

二人の鎚の音が大きく響き、そこに炎と風の音、サーミャとディアナが作業する音が混じる。今までも度々こういう状況はあったのだが、今回はちゃんと目的をもっての作業だからか、いつもより更に一家総出という感じがする。

そうして、一家総出でのロングソードの、最初の一本を俺は仕上げ終えた。

この体制は、一度波に乗ったら結構な数ができそうだ。

朝に割り当てたとおり、ディアナが型を作り、そこにサーミャが鉄を流し、あとは俺とリケが仕上げる。

鋳型は一本ごとに作り直しが必要になるから、いちばん大事なのはディアナが型を作製する速度かも知れない。

俺達が一本仕上げるより早く一つできているので、今のところは型が無くなりそうな気配はない。

最悪の場合は型が補給されるまで鍛造に切り替える手もなくはないが、なるべくならやりたくないんだよな。

うちの工房をフル回転させると、常に高温の物体、それも融けた鉄や赤熱した鉄が複数、作業場のどこかには存在するという状況になる。

つまり物凄(ものすご)く暑い。カミロのところに品物を卸した翌日なんかは板金を作るので似たような状況にはなるし、量産してないときでもこれに近い状態ではあるが、これは思っていた以上に暑いな。

俺は三人に作業の合間合間に必ず水分補給することを伝える。三人からは了解の言葉が返ってきた。

この辺りの気候はそんなには厳しくない、とインストールされた知識にはあった。

そうなると実家で同じような状況を体験しているであろうリケはともかく、他の二人は熱中症なんかの知識は乏しい可能性が結構高いからなぁ。

直接的な怪我(けが)はもちろん、こういった事故も防いでいきたいものだ。


この日は前日の準備も手伝ってか、十本も製作することができた。

一日の生産量としては上々もいいところではないだろうか。数打ちで品質をかなり妥協した結果ではあるが、ちゃんと武器としての最低限の性能は確保されている。

何本か出来が悪いのをピックアップして試し斬りをしたが、特に不具合のあるものはなかった。

仮に戦に使うのだとしても、一回や二回の戦闘でダメになることはあるまい。明日からもこの調子で作っていけば、カミロが想定している量はおそらく上回ることができるだろう。

ディアナの作ってくれた型もまだまだ残っている。粘土のほうが先に尽きないかの心配が必要になってくるレベルだ。

総計で五十か六十かそれくらいの数ができたら、ディアナにも鋳造のほうに回ってもらうのも手だろう。明後日(あさって)くらいの進捗でそこらを考えよう。

◇　◇　◇

翌日も同じように準備をして「数打ち」のロングソードをガンガン作製していく。リズミカルな鎚の音が作業場を占拠する。ああ、そう言えば。

「ドワーフの工房では、こういうとき歌ったりしないのか？」

俺はリケに聞いてみた。ドワーフにも仕事歌のようなものがあるのかどうか、ちょっと知りたかったからだ。

「え？」

リケはキョトンとしている。もしかしたらないのかな。

「いや、鍛冶で剣やなんかを打っているときに歌う歌があったりするのかなぁと思ってな。俺はこの仕事は長くはないし、〝家〟も別に鍛冶には関係してなかったから、この工房にはそういうのがないが」

「ああ。ありますよ」

やっぱりあるのか。

「ちょっと聞かせてくれないか？」

「ええ～……」

恥ずかしそうにするリケ。宴会でいきなりかくし芸を要求しているようなものではあるか。

「恥ずかしいならいいんだ。ちょっと気になっただけで」

「いえ、大丈夫です」

まだ少し顔が赤いが、意を決したように目に力が籠もっている。しまったな、上司から言われたら断れない人もいるんだから、もっと慎重に頼むべきだったか。

しかし、せっかくやる気になってくれているのだ。ここで今更やらなくていい、というのも悪い気がする。ここは一つこのままやってもらうことにしよう。

ヨーホー　ヨーホー　オイラ達ャ　山の妖精さ
鎚を振るって鍛冶仕事　いいものできたらごきげんさ
ヨーホー　ヨーホー　鍋釜鍬に　なんでもござれ
鎚を振るって一仕事　夜には酒がまってるぜ
ヨーホー　ヨーホホー

リケは可愛らしい声で鎚を振るってリズムを取りながら歌った。流石に日本風の歌詞でも節でもないが、こういうのも良いな。

「何だリケ、上手いじゃないか。恥ずかしがらなくても良いのに」

俺は作業の手を止めて拍手した。サーミャとディアナも拍手している。それを受けてリケは照れくさそうにする。

「上手下手よりも、これ、いかにもドワーフって感じで恥ずかしいんですよね。家を出るまではあんまり気にしてなかったんですけど」

確かに、俺が感心したのも「ドワーフっぽいなぁ」という部分も結構ある。

俺も何気なくしていることを「人間っぽい」と言われたら恥ずかしいかも知れない。ただ、

「別にドワーフっぽくても良いんじゃないかとは思うけどな。俺だって人間っぽいんだろうし、サーミャは獣人っぽいし。種族を理由にリケにあれこれ言ってくるやつがいたら、エイゾウ工房の面々が黙っちゃいないさ」

我が家はなんせ伯爵家と繋（つな）がりがあるのである。

そこに頼るのは最終手段ではあるが、頼れば解決するのであれば、俺は家族のために、躊躇（ちゅうちょ）なくその手段を行使するだろう。

サーミャとディアナもうんうんとばかりに頷（うなず）いている。

「ありがとうございます、親方。それではドワーフの名に恥じないような鍛冶屋にならないといけませんね」

リケは再び鎚を手に取ると、機嫌よく振るって、先程よりも朗らかな声で仕事歌を歌うのだった。

その後も順調に製作を続け、この日は九本が作製できた。五十本オーバーはほぼ間違いなく達成できそうな感じだな。

逆に言えば六十本を超えることはなさそうだ。明日からの型の作製数上限がこれで分かった。限界までとは言うが、五十五本を目標にすればよいだろう。

この日の夕食のときは歌の話になり、ディアナも歌声を少し披露していた。

なんでも教養の一環として、貴族は男女問わずある程度の歌なら歌えるし、踊りも同様に貴族なら誰でもある程度はできるらしい。

と、なると家名持ちたる俺も、本当はこの世界の歌をなにか歌えてしかるべきなのだろうが、チートには含まれていないし、インストールされた知識の中にも歌の情報はない。

かと言って前の世界の歌を歌うわけにもいかない。歌詞が日本語かせいぜい英語だし。〝第九〟だけはドイツ語で歌えるけど、こっちの世界の言葉でも曲でもないことには変わりないしな。

なので、リケとディアナには大変申し訳ないのだが、今は一介の鍛冶屋で歌えないということにしてしまった。不義理なのは分かっているので、機会があったらこっちの世界の歌を覚えて披露するか……。

◇　◇　◇

翌日、最終目標を五十五本であることと、目標到達にはあと三十六本であること、それを達成するには一日九本の製作が必要であることを三人に伝える。

ディアナには三十六本分の型ができたら、後はサーミャと一緒に鋳型に流しこむ作業をして欲しいことを合わせて伝えた。

もしかすると六日目には時間の余裕ができている可能性もあるが、その場合は休みにすればいいだろう。できても半日もないだろうし。

とりあえずは集中して作っていけば間に合うことがほぼ確定なのだし、今日の作業に集中せねば。

作業場に火と風の音が静かに響き、やがて鎚の音が響いていく。

昨日歌ったら吹っ切れたのか、時折リケの歌声が交じるようになった。レパートリーもいくつかある。

元々仕事歌とはそういうものだと言われればそれまでだが、鎚のリズムに合わせて歌うというよりは、歌のリズムで鎚を振るうように俺もリケもなっていた。

特に邪魔でもなんでもないし、黙々と作業するときよりも集中できている気さえする。前の世界でも静かなほうが集中できる人と、ＢＧＭがあったほうがいい人がいたが、俺は後者なようだ。

この日は十本を作製できた。これで残り二十六本である。

◇◇◇

翌日にも十本ができ、残り十六本となったところで、型の作製も完了となった。

粘土がリサイクルできるからなんとかなったが、ある程度の在庫はそろそろ揃えないといけなそうだ。

この付近で粘土が取れればそこで採集してくれればいいのだが、分からないので、カミロにでも適当にきめの細かい粘土を調達してきてもらう必要がある。今度の納品のときにでも頼んでみるか。

更に翌日、翌々日と作業は進み、無事に五十五本を仕上げることができた。

ちょっと考えれば分かることではあったが、ディアナを鋳込みに回したとして、仕上げる俺とリケは最大速度で仕事を回せていたのだから、日に十本を上回ることなどそうそうあるはずもなく、結局六日目に七本を生産し、ほんの僅かに休みが取れたくらいで終わった。

大変ではあったが、目的がはっきりしているとそれはそれでやった後の達成感が大きいな。今後は普通の製作でも週いくつと決めておくのも良いかも知れない。

もちろん時間が余ればその分は休みにしてしまえばいいだろうし。カミロもそのほうが都合がいい可能性はある。いずれ話をしてみるか。

◇◇◇

五十五本を仕上げた翌日、今日は納品の日だ。かつてない量のロングソードを十本ごとの簀巻きにして荷車に積む。

その後の行程はいつもどおりだが、重さが半端ではないはずだ。

クルルにとっても重すぎたりしないだろうかと心配したが、当の本人は気にするどころか、むしろご機嫌にロングソード五十五本と俺達を運んでいる。

……本人が良いなら良いか。

こうして、荷車を自分達で牽いて運ぶよりも早い時間にカミロの店に到着できた。

カミロの店に着いても手続き自体は変わらない。いつもと違うのは発注書を持ってきたことくらいなものだ。商談室に入ってきたカミロと番頭さんに、発注書を渡す。

「ロングソード全部で五十五本。ちゃんと作って持ってきたぞ」

ちゃんと、と言っても別に数を確約していたわけではなかったけどな。

「いやはや、エイゾウはいつも俺の期待を超えるな」

カミロはちょっと芝居がかった口調で言った。なので、どこまで本気で言っているのかは分からない。

「どれくらいだと思ったんだ？」

「腕前を侮っていたわけじゃないが、単純な話でもないし、四十本かそれくらいかと」

なるほど、俺が六倍とは言ったものの、単純に時間を費やせばそれだけ生産力が上がるものではない、というのを見越してそれくらいと見積もっていたのか。そう考えてくれるのはありがたいと言えばありがたい。

例えば、これで「じゃあ来週までに百本な」てなことになった場合、今八時間作業していたとして、十六時間作業したら百十本できるから余裕だ、という話かというと、そうではないからな。

その辺が分かっている発注者はありがたい……ような気がする。


カミロがチラリと目配せをすると、番頭さんが頷（うなず）いて出ていった。数を確認しにいったのだろう。信頼があってもきっちり確認してくれるほうがありがたい。

「今日は他にいるものはあるか？」

番頭さんが出ていったあと、カミロが切り出した。これもいつもどおりの流れだ。

「粘土がいるんだ。今日でなくてもいい。柔らかくてきめが細かいのがありがたい」

「粘土か。うちで扱ってる陶器の工房をあたってやるよ」

カミロはそう言ってウィンクするのだった。似合ってないぞ、カミロ。

「それで、今度はこっちからの話なんだがな」

カミロはそう言って少し声を潜めた。俺達は身を乗り出す。

「ある程度予測しているとは思うが、これだけ大量の剣が必要ということは、つまりそれだけの兵隊が動くということだ」

「まぁ、それはな」

そりゃそうだ。カミロは手広くやっているとは言え、唐突に四十本ものロングソードが必要になる状況といえば、国軍か私兵かはともかく、どこかでそれなりの兵隊が動く以外にはないだろう。

「それで、お前の納めてくれた剣に問題がそうそう起きるとも思ってないが、ロングソードの納入先からできれば従軍して欲しいと打診が来ている」

「ふむ」

従軍か、なんとなく予想はついていたが、そうなるとしばらく家を空けなくてはいけないだろうし、なるべくなら厄介ごとには巻き込まれたくないんだがな……。

そんな俺の様子を見てか、カミロがフォローを入れる。

「従軍とはいっても、後方の補給部隊に随伴してだから危険はほとんどない」

「じゃあ、移動先の補給陣地で修理するのが主な仕事ってことか？」

「よく分かってるな。そのとおりだ」

安全面については一応保証してくれるらしい。

「期間は？」

「長くても九日間かそこらだな。三日で行って三日行動して三日で帰ってくる。もし一日で済めば一週間で終わって帰ってこられるよ」

「ふむ……」

それくらいなら、三人に家を任せて留守にしていても大丈夫かな。飯の問題はまぁなんとかしてくれるだろう。

三人とも連れて行くわけにもいかないだろうし、誰か一人だけ連れて行くのもなぁ。一人だけを家に置いていくのもしたくないので、二人連れて行くという選択肢もない。となれば俺が一人で行ってくるのが良さそうだ。

まぁ、あくまでスケジュールや人員には、という話だが。実際に行くかどうかはまた別だ。

「俺が一人で行く、というのは大丈夫か？　例えば従者が必要とかは？」

「いや、補給部隊は一纏めだからな。飯やなんかは専門の連中がやるし、天幕の設営もそうだ。エイゾウは露天になるが火床や金床なんかの設置とさっき言った修理だけが仕事だな」

「なるほど。それじゃあ、やること自体は本当についていって直すだけなんだな」

「ああ」

「報酬は？」

「俺が聞いてる限りではこれくらい出るよ。詳しくは確認してもらうしかないが、行くだけ損になるような話じゃないのは確かだ」

カミロが俺に伝えたのは、同じ期間ナイフや剣を作って稼ぐ金額の数倍だった。

「最後に確認だが、軍はどこのもので、何をしに行くんだ？」

「先に何をしに行くかを答えよう。魔物の討伐だよ」

「戦ではないのか」

「時々小競り合いはあるが、四十人超を引き抜いて派兵しないといけない戦場は今のところこの国にはないよ。次にどこのものか、だが」

カミロはそこで一旦言葉を区切った。

「エイムール伯爵家だよ。国王から兵士を預かって、討伐隊を編成して赴くことになった」


ディアナが少し息を呑んだのが分かった。なるほど、マリウスか……。自惚れがないとは言わないが、俺の腕前を知っている彼なら連れて行きたがるだろう。

万が一の場合には係累を知っている人間がそばにいてくれたほうが安心もできるというのは分からない話ではない。

「エイムール伯爵家は元々、魔物討伐で名を馳せて爵位と家名を貰った家柄でもあるし、相続についてはひと悶着あった後だからな。侯爵が一度は問題なしとしてはいるので、表立ってなにか問題が起きるということはないが、ここらで実績をあげておいたほうが後々面倒も起きにくいのさ」

「なるほどねぇ」

こういう話は一介の鍛冶屋で、世間と隔絶して暮らしている俺のところには入ってこないし、実際には貴族の家の出でもなんでもないから、解説してくれるとありがたい。

にしてもマリウスはまた七面倒な話になってるんだなぁ。

報酬も悪くないし、カミロには世話になっている。それに家族の兄さんからの要請とあれば、断る理由もないか。

「そういうことなら、喜んで参加させてもらうよ」

今度はディアナが少しホッとした表情を見せた。彼女は俺がかなりの剣の腕前を持っていることを知っている数少ない人間の一人だからな。何かあったら俺がいる、ってのが安心できるポイントなのだろう。


「そう言えばいつからなんだ？」

「来週の納品の後にそのまま都に行けばいいと聞いている。うちから馬車を出してやるよ」

「そうなのか。もっと急ぐのかと」

下手したら今日からと言われる可能性もあるとは思っていた。

「まぁ編成とか最低限の訓練とかあるだろうからな」

「ああ、そりゃそうか」

マリウスも小隊レベルとは言え、指揮なんて経験はほとんどないだろう。少し前から準備を進めていたとしても、よほど危急でない限りはそれなりの準備をしてから行くのがいいに決まっている。

そして危急でない魔物討伐なら、おそらく寄越された兵士もほとんど新兵同然だろう。

これで上手くいけば指揮経験のある貴族と実戦経験のある兵士が手に入るし、万が一があっても国としては立て直しの利く範囲だからな。

その場合はエイムール家としてはなかなか痛手ではあるだろうが。

「まぁ、話は分かった。準備はしておくよ」

俺の基本的なミッションはもちろん従軍しての修理だが、裏のミッションはマリウスを何が何でも無事に連れ帰ることだ。

どうしようもない場合もあるだろうとは思うが、その場合でもなるべく生かして連れて帰ってくることを最優先目標としたい。

そのためには、兵士達に万全の装備でいてもらうことだ。それもなるべく一般モデルの範疇で。高級モデルは若干の魔力要素が絡むし、流石に俺でも時間はかかるからな。


従軍の話がまとまった辺りで、番頭さんが袋を持って戻ってきた。

「今日買いこむのはいつもと同じでいいんだよな？」

「ああ。来週は二週間分用意して欲しいところだが」

「じゃあ、今日の払いはこれだ」

カミロは番頭さんが持ってきた袋をそのまま俺に渡す。持ったときに重かったので確認してみると、ロングソード五十五本分から今日買った品物の分を差し引いたにしてはやたらに多い。

「やたらと多いみたいだが？」

「急がせた分の料金と、彼から〝あのとき〟の迷惑料込みだよ。その分は彼から貰えることになってるから気にすんな」

特急料金と、家宝を打ったときに少なかった分か。これ戻すとまたややこしいことになるんだろうな。

「分かった、じゃあありがたく」

俺は袋を受け取ると、カミロの店を後にするのだった。

◇◇◇

帰ってから六日間、俺達は至って普通に過ごしていた。いつものとおりのスケジュールで製作をしたり、狩りをしたり、飯を食ったりだ。

なのでいつもどおり一週間分の数を作って終わっておく。効率の良い作り方は分かったが、別に急ぎでないときまでそうする必要はないしな。

前にも一度それなりの期間家を空けたことがあるし、みんなの反応的にはお父さんがちょっと出張してくるくらいの感じである。特にやたら心配したりとかはない。

それでも、我が家では初めてのことでもあるし、出立前夜にはささやかな壮行会として、ちょっとだけ豪華な夕食を用意した。自分自身の壮行会の準備というのも、なんだか奇妙な感覚ではある。

壮行会なので、もちろん酒も出した。俺も翌日に響かない程度に呑む。

美味(うま)い料理と酒があれば口も回るようになるというものだ。

「まぁ、全く心配じゃないといえば、嘘(うそ)になるわね」

そう口にしたのはディアナである。リケがその後を引き取る。

「魔物退治ですし、前線には出なくても万が一ってこともあるでしょうしねぇ」

ディアナがうんうんと頷いた。まぁ、魔物絡みの話で大変な目に遭っているからな……。

「エイゾウのことだから、大抵なんとかしちまうんだろうから、そこまで心配はしてないけどな」

続いて口を開いたのはサーミャだった。家族からの信頼というのは気恥ずかしいものがあるが、嬉しくもあるな。


夕食の片付けをしているとき、珍しくしこたま呑んだディアナがテーブルに突っ伏しながら、

「兄さんを守ってあげてね」

と、呟いた。

俺は軽く彼女の頭に手を置いて、了解を示した。

◇◇◇

納品をする日の朝、いつものとおり納品物を積み込んだあと、愛用の金槌や念の為の干し肉、包帯代わりの布切れ（一応煮沸消毒済み）なんかを背負い袋に詰め込んで、納品後の出立にも備える。

一通りは向こう持ち……前の世界でいえばアゴ、アシ、マクラ付きではある。

そうはいってもレベルがぜんぜん違うな。あとはギャラの問題だが、これは向こうで直接マリウ

スに交渉できればと思う。

いつもどおりに街に向かう。森の中も街道も十分に警戒をしながら進む。特に何事もなくカミロの店に着くことができた。毎度特筆すべきことは起きない。

鹿や猪に出くわすがすぐに向こうが逃げたり、こっちが避けたり、街道で隊商と出会ったりといったくらいのことはよくあるが、こういうのは警戒を怠った途端に問題が起きるものなので、いつであっても警戒は怠れない。

カミロの店に着いた後も基本的には普段どおりだ。納品物の確認と購入物の確認くらいだが、今回は俺が遠出して次の納品には来ないから、購入物は一週間分ではなく二週間分になるのが大きな違いではあるが。

一通りのやり取りが終わったら、いよいよ出発だ。粘土についてはまた今度になる。おそらく早くても二週間後だろう。

どのみち今貰ってもな、というところではある。粘土の在庫については、ナイフメインで作るように言ってあるから、なんとかもつだろうし、万が一無くなったらナイフだけでもいいとは言ってある。

「それじゃあ行くか」

話が終わるとカミロが促す。

「そうだな。じゃあ行くか」

途中まではカミロの馬車とうちのクルルの二台で行くことにした。

まだクルルがうちに来ていなかったら、カミロの馬車に乗っていたかも知れんが、クルルがいるので、問題なくついていける。


森の入り口に到着した。うちの面々とはここで一旦お別れだ。

これから一週間ほどについて再確認したら、みんなと軽くハグをする。

「気をつけてね」

「ああ」

「水には注意してくださいね」

「もちろん」

「ちゃんと帰ってこいよ」

「分かってるよ」

こうして「行ってきます」を終えた。今生の別れでもないし、あまり長いことはしない。

カミロの荷馬車に乗り込んで、振り返ると森の入り口でみんなが見送っていたので、軽く手を振っておいた。

馬達は意気揚々と街道を都に向かって走る。都から帰ってきたときは荷物も少なかったので一頭立てだったが、今回は二頭立てだからというのもあるのか、あのときと比べても速いように思う。

前の帰りに見た景色がややエキサイティングな流れ方をしているし。

そして、ひょっとしたら二度と見ることはないと思っていた都の外壁と、その向こうに一回り大きな壁のようにそびえる山々を見ながら、俺は再び都に入るのだった。


しばらくぶりに都に来ると、やはりその活気に気圧(けお)される。前に来たときと同様、人数自体もそうだが、種族の数が街とは段違いだ。

街だとドワーフやドワーフより小柄なマリート、獣人がせいぜいだが、リザードマンもいるし、今回は普通の人間の倍はあろうかという身長の人がいたので、カミロに聞いてみたら巨人族だった。

都でも見かけるのは珍しいそうだが、別におかしい話でもないらしい。

エルフは街でも都でも見かけないが、これはリディさんが言っていたように、魔力を摂取する必要があるので、魔力の豊富なところ以外にはあまり行かないからだ。


そんな人々が道を行き交っている。他所(よそ)の大都市でどうなのかは知らないが、この都では種族が何かは気にされない。

宿なんかでは、椅子やベッドの都合があるから多少は考慮されるだろうが、逆にいえばそれくらいなもので、少なくとも往来をはばかるような状況では全くない。

技術的な面ではともかく、そんなところはこの世界では随分と進歩があるように俺には思えるのだった。

都の大通りを通り抜けて、外壁より一回り小さい壁にある門に向かっていく。この壁は最初にこの都ができたときの外壁を補強したものらしい。

街のほうにある壁と似たようなものか。街にある柵が壁になると都と似たような造りになるように思う。

門番にカミロがおそらくエイムール家出入りの証（あか）しを見せるとあっさり通され、石畳に舗装された都の内街を荷馬車が行く。

ここに来るとさっきまでの喧騒（けんそう）は嘘のように無くなっているが、それでも活気がないわけではない。静かなりの活気というものがある。

ゆっくりと街中を荷馬車は進んで行き、やがてテントの並んだ広場に到着した。なるほどここが駐屯地か。ここに集められた兵士達はずっとここにいるわけじゃないからな。

「それじゃあ、俺はここまでだ。こいつを持っていくといい」

俺を降ろしたカミロが紙を出しながら言う。ざっと見ると今回の討伐に従軍する鍛冶屋であって、エイムール家が招聘（しょうへい）したという証明みたいなものが書かれている。

これを受付かなにかに見せればいいのか。

「ありがとうな、助かったぜ」

「いいってことよ」

俺とカミロは手を振って別れた。ここからはマリウスがいるとは言え、別に軍師でもないからつきっきりではない。

輜重隊と一緒なのだろうから、その面々とは仲良くしておきたいものだな。

駐屯地の衛兵にカミロから貰った書類を見せる。衛兵は受け取った書類に目を走らせると、近場の兵士を呼んだ。

「ここで少しお待ちください」

呼ばれた兵士は俺にそう言った。やけにかしこまっているが、エイムール家直々の招聘であるというのが効いてしまっているように思う。

見た目どう見ても街のオッさんのはずなんだけどな。待てと言った兵士はそのまま走り去っていく。後には衛兵と俺が取り残された。


「貴方も今回の討伐隊には参加するんですか？」

「ええ。補給部隊の護衛としてついていくことになっています」

若い衛兵はやや緊張した面持ちで俺の質問に答える。

俺も何気なく聞いてしまったが、こういうのってあんまり答えちゃいけないんじゃなかろうか。

新兵なんだろうなぁ。話しはじめてしまったから、このまま話すか。

「なるほど。書類にもあったと思いますが、私は補給部隊で皆さんの武器や防具を修理することになったエイゾウと申します」

護衛の人なら顔を合わせる機会も多いだろう。俺は自己紹介をしておいた。

「私はデルモットといいます。お見知りおきを」

デルモットさんは優雅な仕草で一礼した。どっかの貴族の次男坊か三男坊、ということなのだろう。これで名をあげられるといいな。

その後も少し取り留めのない話をした。街のオッさんに見えるが、なんかそこそこの身分の人かと思ったらしい。

職人でも貴族お抱えだったりすると、爵位こそないにせよ、なかなかの身分だったりはするらしいからなぁ。

俺はお抱えというよりは、ただの御用達(ごようたし)というか、納入業者くらいだと思っているので関係ないし、くれると言っても身分はいらない。

色々なしがらみにかかずらうのが面倒くさい。その手間暇で新しい武器なんかを作っていたいのだ。

マリウスはここで兵士達と寝食を共にしているらしい。「私もかつては諸君と同じ一兵卒だった」というのが酔ったときの口癖だ、とデルモットさんは笑っていた。

この様子なら人心掌握は上手(うま)くいってそうだな。

ややあって、「待て」と言った兵士が戻ってきた。

「討伐隊隊長が会いたいとおっしゃっております」

「ああ、じゃあお伺いいたします」

俺は自分のほうから向かうことにした。伯爵閣下がこんな駐屯地の入り口に出迎えとか、どんな鍛冶屋だよって話でしかないからな。

ただ、場所は分からないので、俺は案内を頼んで、兵士の人についていく。

ついていった先にあったのは、他よりも豪華な天幕だ。


「隊長、お連れしました」

「入ってもらえ」

「かしこまりました。どうぞ」

もはや懐かしい感じもする声がして、兵士さんに促されて、俺は天幕の中に入った。

駐屯地の中でも豪華な天幕に入ると、見知った顔が二つあった。もちろん片方はマリウスだ。そしてもう片方はマリウスの同僚氏である。

二人ともなかなかに豪奢（ごうしゃ）な服を着て、俺の高級モデルのショートソードを佩（は）いている。天幕の中には他の人間はいない。

「よく来てくれたな、エイゾウ」

マリウスは右手を差し出した。俺はその手を取る。

「なに、実入りのいい仕事だって聞いたからな」

俺は笑いながら言った。伯爵に対するには気安いが、俺の他には同僚氏しかいないし、マリウスの態度から多分ある程度は話してあるんだろう（流石に家宝を新造したとは言ってないと思うが）と推測してだ。

「そちらもお変わりないようで何よりです」

マリウスとの握手を終えた俺は同僚氏に向き直って言った。

「ああ。久しぶりだな」

同僚氏も俺に右手を差し出した。俺はその手を取りつつ改めての挨拶をする。

「エイゾウと申します。ご存知とは思いますが、鍛冶屋をしております」

「俺はルロイだ。今はマリウスの副官をしている。改めてよろしくな。あと、俺にもそんなに丁寧にしなくていいぞ。立場的にはそう変わらん」

「では、遠慮なくそうしよう」

ルロイの許可を得たので、この三人のときには気軽に接することにした。

元々顔見知りだし、お互い気楽なときを知っているからな。

「それで、今回は修理のみということだったが、それで正しいか？」

俺はマリウスに尋ねる。

「ああ。道中は仕事がないだろうが、向こうに着いてからは傷んだ武具の修理を頼むことになる」

「報酬は？」

「遠征中の飯がこっち持ちなのと、普通の兵士が遠征時に貰える手当、それと武具を一つ直すごとに歩合で報酬を出す」

次に答えたのはルロイだ。

「ほほう」

やはり悪くない条件である。普通に仕事するよりは稼げないと意味がないのは、俺であろうとなかろうと関係ないから、こういう条件なんだろうな。

俺だと直すのも速いだろうから、歩合も一般的な鍛冶屋より多く貰えそうなのが普通とは少し違うところだ。

「直した数の勘定はどうするんだ？」

「補給部隊付きの文官が行う。補給物資の出入りはそいつが担当してるからな」

今度はマリウスが答える。

「なるほど、了解した。最後に、出発はいつだ？」

「ちょうど昨日に一通りの訓練を終えたところだ。今日は一日休みにしてある」

それで訓練なんかの音が聞こえなかったのか。

「なので、明日ここを発つ」

「分かった」

これで事前の確認は完了だ。後はもう出発を待つのみか。

マリウスが兵士を一人呼び、俺を天幕に案内するよう言いつける。俺はその兵士に恐縮しながら、他の補給部隊員と共同生活を送ることになる天幕に送り届けてもらった。


補給部隊天幕はなかなかに大きかった。近くには馬車と馬が別々に繋（つな）がれている。少し離れたところに簡易かまどがしつらえてあり、蒸気を立ち昇らせていた。

俺はここまで案内をしてくれた兵士にお礼を言って、まずはかまどのところに向かう。そこには恰幅（かっぷく）のいい口髭（くちひげ）のオッさんが二人の若者と一緒に、鍋と格闘していた。

「補給部隊に招聘された鍛冶屋のエイゾウです。どうぞよろしく」

邪魔になるかと少し心配しながら大きめの声で声をかける。

「おう！　俺はコック長のサンドロだ！　あっちがマーティンとボリス！　飯は俺達が面倒見てやるからな！」

俺の心配は杞憂（きゆう）だったようで、サンドロが若いほうの二人――背が高いほうがマーティンで低いほうがボリス――を地鳴りかと思うようなデカい声で紹介すると、二人は鍋を混ぜながら会釈した。

俺はパタパタと手を振って返す。

「あっちに馬番のマティスがいるぞ！」

「分かりました！　ありがとうございます！」

やはりデカい声で教えてくれたので、俺も負けじとデカい声で返し、馬のいるほうに向かった。

その辺りには馬が何頭も繋がれており、なかなかの喧騒だ。

そんな馬達の間を背の高い男がのそのそといった風情で歩き回っている。

俺は手を振って気がついてもらえるようにした。今度はデカい声だと馬がびっくりしそうで、かわいそうだしな。

俺が手を振っているのに気がついた男は、やはりのそのそという感じで近づいてきた。

「すみません、お仕事中に。補給部隊に招聘された鍛冶屋のエイゾウといいます」

「これはご丁寧に。皆さんの馬車の管理をします、マティスです。今は馬達の様子を見ていただけですから、お気になさらず」

背が高くてなかなかイケメンだが、若干口調が間延びしていて、のんびりした印象を受ける。

「ここには騎士さん達の馬はいないのですか？」

「騎士の方々は専属の馬番がいますので」

「ああ、そりゃそうですよね」

よく考えたら当たり前だった。一定以上の身分の人達は色々と専属がつく。

マリウスも、本来は料理人や鍛冶師なんかも専属でついてもおかしくないのだが、伯爵家の三男坊とは言え衛兵だったからか、みんなと同じがいいと言っているのだそうだ。

流石に小間使いと馬番だけは本当に最低限の体面もあって専属らしいが。

「文官の方は天幕にいらっしゃるんですかね？」

俺がマティスに聞いてみると、

「ああ、あの方は今日は自宅に戻られているかと」

「そうなんですか？」

「ええ。兵士や我々と違って、事前にここに留まる理由があんまりないですから」

「それじゃあご挨拶は明日ですねぇ」

「そうなりますね」

マティスに一時の別れを告げて、俺は天幕に足を向けた。


天幕は大きかったが、中に人はいなかった。物もほとんどないが、明日出発なので外の馬車に積み込んであるんだろう。

荷物を下ろして、一旦ゴロリと横になる。長いこと馬車に揺られていたので、腰とケツにきている。

明日から三日間はほぼ馬車だという話だし、体は若返っているといえども、これは覚悟していたほうが良さそうだ。

暇を持て余しそうだったので、持ってきたナイフで落ちていた木を削って像を作って暇つぶしをする。

一応ギリギリ生産のチートが働くのか、一時間ほどして、なかなかいい感じの女神像ができる。

俺の荷物の上に鎮座させて、遠征の無事を祈っておいた。


そんなことをしている間に、ちょうどいい感じに夕食の時間である。

補給部隊天幕近くにワイワイと兵士が集まって、食器を片手に列を作っている。俺もボリスから木のお椀（わん）を受け取ると列に並んだ。

列を進んでいくと、サンドロとマーティンが鍋からスープを椀によそい、パンを渡している。スムーズに列は進んでいき、俺の番になった。

「おう、アンタか！　しっかり食ってくれよ！」

サンドロがデカい声で挨拶しながらたっぷりと椀にスープをよそってくれる。

「ありがとう！」

俺は笑顔でスープとパンを受け取った。明日の朝食からしばらくは硬いパンだが、今日はまだそんなには硬くない。

これから一週間は硬めのパンが続くようなので、一時の食い納めではある。

兵士達が集まって座っている辺りに俺も向かい、適当に腰を下ろして食べ始める。めちゃくちゃ美味（うま）い、というわけではないが、特にまずいということもない。

俺が家で作っているスープに味も近いが、うちのほうが材料とか調味料が高級な分、少し美味いようである。

それでも限られているであろう材料でここまで美味い料理が食えるなら、討伐隊に参加できてよかったと思う兵士も多いことだろう。

明日から移動先までは一日二食だというし（昼休憩はある）、移動中はスープの類いではなく、タレのようなもので煮込んで戻した干し肉を、パンに載っけたものが主食になる。

移動中はかまどの用意と撤去が大変だし、食器を洗うのも手間になるからだろうな。


飯を食い終わったら食器を戻す。ボリスが回収を担当していた。

「ご苦労さん、大変だな」

「なに、これが仕事でさぁ。二年前の戦についてってたときはもっと大変でしたぜ」

食器を返しがてら俺が声をかけると、ボリスは笑いながらそう答えた。

背は低いが、体つきがやたらガッチリしていて、街道で出会ったら確実に警戒するであろう風貌だ。

「また天幕でな」

と言い残して俺は天幕に帰った。


日が落ちたら、駐屯地では見張り担当以外はさっさと寝てしまう。補給部隊は見張りを言われることはないから、全員さっさと寝ることになる。

仕事が特殊だしな。俺もあやかることにして、仕事を終えて天幕に戻ってきたサンドロやマティス達と一緒に寝た。どこでも寝られる人間でよかったと思う。

◇　◇　◇

翌朝、簡単に身支度を整えたら、なるべく早く朝食を済ませる。朝食は昨夜と同じスープに、硬いパンである。

これはスープに浸して柔らかくして食べるが、浸さないと食べられないほど硬いわけでもない。焼いてそんなに経ってないからだろうか。ほとんど流しこむように食べ終えた。

この辺りは前の世界で仕事が忙しかったときの経験が活きたな。あんまり活かしたくない経験ではあるが。

朝食の時間が終わると、バタバタと天幕やかまどが片付けられ、どんどん荷馬車に積み込まれていく。何十人もの兵士が協力して動いて、小一時間ほどで全ての積み込みが終わった。

その合間にマティスが馬車に馬を繋いでいく。御者は兵士達がそれぞれ担当するようだ。俺やサンドロ達も補給部隊に割り当てられた馬車に乗り込む。

そこへ、小柄な女性が慌てた様子で飛び乗ってきた。

「ぎ、ギリギリで間に合いましたです……」

息も絶え絶えになっているが、間に合ったなら良かった。俺がそう思っていると、隣に座ったマティスがボソッと、

「アレがそうだ」

と言った。あまり多くは話していないが、マティスは慣れてきた相手にはぶっきらぼうかつ端的な物言いをする。

この場合は「昨日話した文官は彼女だ」という意味なのだが、圧倒的に言葉が足りてない。分かるからいいか……。


俺は息も絶え絶えな女性に近づくと、声をかけた。

「大丈夫ですか？　水を飲みます？」

「あ、はい。ありがとうございますです」

女性は俺が差し出した水筒を受け取って二口ほど飲む。一息ついた頃合いを見計らって、俺は再び声をかけた。

「私は補給部隊に鍛冶屋として招聘(しょうへい)されました、エイゾウと申します。どうぞお見知りおきを」

「あ、ご丁寧にどうもです。私は補給部隊付き文官のフレデリカ・シュルターと申しますです。鍛冶屋ということは、修理をなさるです？」

「ええ。そのように伺っています」

「修理が必要な武具は一旦私に申告が来ますです。来たものについて、エイゾウさんに修理を依頼しますので、それの修理に集中していただけたら助かりますです」

「分かりました」

修理は申告制なのか。まぁ、しょうもない修理をしてしまうとその分俺は儲(もう)かるが、出費はかさむしな。

しょうもない修理にかかずらうのもストレスが溜(た)まるものではあるので、予(あらかじ)めシャットアウトしてもらえるなら俺も助かる。


こうして全ての補給部隊メンツを乗せた馬車はゆっくりと走り出し、いよいよ遠征が始まったのだった。

討伐隊の乗った馬車は都のメインストリートを通って都の外に出る。アピールの意味もなくはないが、単純にデカい馬車が通れるのがこの道くらいというだけだ。

チラリと馬車の外を見ると、いつもどおりの様々な種族が称賛ともなんともつかない目で、沿道から隊列を見送っている。帰ってきたときには万雷の拍手の中迎えられるといいのだが。

街へ行くのとは違う方角の街道を馬車は進んでいく。乗り心地はすこぶる悪い。

まだ若いマティスやマーティン、ボリスはマシなようだが、俺とサンドロのオッさん組は腰とケツにきてボヤいているし、フレデリカ嬢も尻が痛いとボヤいている。

あんまりその話題に触れるのは、この世界でそんな概念があるかはともかく、セクハラになるので俺は触れないでおいた。後でクッションかなにか用意してやるか。

太陽が中天を過ぎる前、一度休憩が入った。俺達はいそいそと馬車から降りて体を伸ばす。腰のあたりからゴキッという音がした。なかなかに辛い。

近くに川があるので、水はめいめいで汲んでくる。川には兵士達も大勢水を汲みにきている。下流のほうでは顔を洗う者もいた。

上流のほうにはマリウス達の姿も見える。馬車旅が辛いのは鎖で客室を吊った懸架式の馬車である彼らも変わりないようだ。

しきりに腰のあたりをさすっている。板バネだとマシだったりするんだろうか。カミロには普及に努めてもらいたいものだ。

馬車に戻って荷物から干し肉を切り出して齧る。俺は今日も体を動かすこともないし、こういうのをゆっくり噛んで空腹を紛らわせれば、夕食までは十分もつだろう。

馬車の外では他のメンツも同じようにしていた。が、今馬車にいるフレデリカ嬢は何も口にしていない。パラパラと今回の補給品の目録だろうか、それを見返している。

「何も食べないのですか？　馬車酔いする可能性はありますが、なにか口にしておいたほうがいいですよ。腹が減りすぎると頭が回らなくなりますし」

「持って来るのを忘れましたです」

俺が尋ねてみると、事も無げに言うフレデリカ嬢。

「こういう仕事は初めて？」

「はいです。普段は税の徴収量の計算とかをしてますです」

普段はデスクワークか。まだ若いようだし、そこまで気が回らなかったのだろう。

俺は干し肉をもう一切れ切り取って、フレデリカ嬢に差し出した。

「若い人はちゃんと食べないとダメですよ」

「いえ、そんな、エイゾウさんの消費予定が狂うです」

「もう切り出しちゃいましたし、余分に持ってきているので大丈夫ですよ。どうぞ、遠慮なく」

フレデリカ嬢はそれでも渋っていたが、再び強く勧めると「じゃあ」と口にした。ゆっくりと噛んでいる様子がリスのようである。しばらくはモゴモゴと食べていたが、やがて目を見開いた。

「干し肉なのにおいしいです！」

「我がエイゾウ工房の特製ですので」

感嘆の声を上げるフレデリカ嬢にニッコリと笑って返す。

実際、持ってきた干し肉は塩の他に胡椒(こしょう)も効かせてあるし、肉は〝黒の森〟産樹鹿肉の特製だ。

売ったら結構な値段になるだろうが、うちはただの鍛冶屋なので販売する予定は全くない。嬉(うれ)しそうに干し肉を齧るフレデリカ嬢を眺めながら、俺も自分の分を食った。

一時間弱の休憩を終えたら、再び馬車に乗り込んで移動だ。気が重いが夕刻までの辛抱である。半日も過ぎて、お互い最初の緊張が無くなってきたのか、会話も増える。今はお互いの仕事の話で盛り上がっている。

サンドロのおやっさん達は都で結構大きな食堂をやっているらしい。そっちに行けばもっといいものを食わせてやると笑っていた。

一週間も店を休んで平気なのか聞いてみたが、しばらくは他の店から手伝いが来てくれるそうだ。おやっさんの人望が窺える。

マティスはエイムール家の何人かいる厩番の一人らしい。普段は今日マリウスが乗っている馬の面倒も見ているそうだ。

今回の遠征での専属はマティスの上司にあたる爺さんがやっているらしい。マティスが来る前からいたから、そっちがやるのは当然だろうと、いつもの間延びした口調で言っていた。

フレデリカ嬢はさっきも自分で言っていたように、税関連の仕事だ。

徴税吏ではなく、集まった税のあれこれの仕事だそうだ。完全にデスクワークだな。

ここには討伐隊編成の話のときに上から指示されて来たらしい。指揮系統はマリウスの下だが、管理は国が行う。

討伐隊の資材は国から支給されている。国家の資材の出納を行うから、指揮官が直接管理するのは不都合があるのだろう。

俺は辺鄙なところに住んでいる鍛冶屋とだけ言った。カミロの店に品を卸していて、その伝手でここに来た、とも言ってある。

流石にマリウスから直接招聘されたという話をしたら、ただの鍛冶屋ではなくなるからな。

日が沈むよりかなり前に野営に適したところが見つかったので、今日はそこで野営を行うことになった。天幕やかまどを積んだ馬車から兵士達が荷物を下ろしていく。

かまどの設置にはサンドロのおやっさん達も関わるし、食材の消費の管理はフレデリカ嬢が、一日馬車を牽いてお疲れの馬達にマティスが飼い葉や水をやっていて、それぞれ忙しそうである。

手持ち無沙汰なのは俺だけだった。

なにか手伝おうかと思ったが、下手に手を出せば邪魔になりそうなので、飼い葉を食べて水を飲み終わった馬と共に、

「暇だな……」

「ブルル……」

一緒にその光景を眺めて過ごすしかなかった。

やがてあちこちに天幕が並び、かまどからは煙が立ち昇る。篝火台に薪が積まれるが、まだ日が落ちていないので着火は先だ。天幕を張り終えた兵士達は飯ができるまで一時の休憩だ。

ここは水場が近くにないので、飯に使う分と補給する水は樽に積んでいる分でまかなうことになる。明日の昼休憩はまた水場の近くで行うらしいので、減った分はそこで補給だ。

どれくらいの水を使ったのか、フレデリカ嬢が記録している。野営地に着いてからは、フレデリカ嬢はあちこち走り回ってかなり忙しそうだな。

総勢五十人ほどの兵士達と、十二日間分の食料、薪と三日分の水、かまどを含む調理器具、それに鍛冶仕事ができるセット、それらを運搬する馬達の飼い葉を馬車で運ぶと考えると、かなりの馬車が動員されていることになる。

戦争であれば、移動する兵士の数の桁が違うから、わざわざ馬車で兵士を運ばずに歩かせるし、ある程度は徴発などもするから割合でいえば馬車の数は減るのだと思うが、いずれにせよ兵站（へいたん）は大変だ。

飯ができると長蛇の列ができる。これぱっかりは解消のしようもない。

俺達補給部隊は列が無くなってから向かう。サンドロのおやっさん達と一緒に飯を食うためだ。

夕飯は干し肉を煮込んで戻したものを、硬めの皿状に焼いたパンに載せたものである。

パンは硬くはあるがガチガチというわけでもないので、そのまま食える。皿代わりというわけだ。

ここには水場がないし、食器を洗う水がもったいないからな。

補給部隊は護衛のデルモットさん達も一緒に和気あいあいと飯を食う。

こういうところで一緒の釜の飯を食って仲良くなっておくと、いざという時にお互い助け合おうって気になれるし、何より飯は楽しく食うのが一番だ。

なんだかんだと話をしながら飯を食い終わった。


飯が終わったら日が沈むまでは自由時間である。俺はフレデリカ嬢に余っている布切れと針と糸がないか聞いてみた。

するとパタパタと荷馬車に歩いていく。歩き方もなんかリスみたいだな。全般的に小動物感溢れるお嬢さんである。俺もなんとなく和みながら後をついていった。

「こちらの荷馬車のものなら大丈夫です。エイムール家の資材で、自由に使っていいと言われてるのです」

「なるほど。ありがとうございます」

俺が礼を言うと、フレデリカ嬢はペコリとお辞儀をし、パタパタと去っていった。


少し探す手間はあったが、毛布と布切れ、針と糸も見つかった。予備や着ている服が破れたときに繕うためのものだろう。全て他にも予備があるし、戻せるようにしておけば問題なかろう。

天幕に戻ると、布切れで袋を作る。戻せるように裁ったりはせずに、半分に折って両端を縫い合わせる。

綿を詰めるわけではないので、縫い目は粗くてもいい。縫い合わせたら、裏返して毛布を詰めて、開いている口を縫い閉じたら、簡易クッションの完成だ。

フレデリカ嬢には明日プレゼントすることにしよう。女性は別の天幕だからな。迂闊にオッさんが近寄って、あらぬ誤解を受けてもつまらんし。

日が沈んで篝火が焚かれた。今日はもう寝るだけだ。不寝番の兵士以外はみんな天幕に戻る。

俺達も例外ではない。さっさと毛布にくるまって横になると、思いの外疲れていたのか、すぐに睡魔が眠りの世界へ連れて行ってくれた。

◇　◇　◇

翌朝、日が昇る少し前に目が覚めた。コック組はとっくに起きているようだ。よく働くな。

俺ものそのそと起き出し、自分の荷物から水筒を取り出すと、一口飲んで天幕の外に出て、体を動かす。今日も一日馬車の中だから、積極的に体を動かさないとな。

日が昇ると同時に飯が始まる。朝飯も補給部隊は全員で、今日の予定行程の話なんかをしながらワイワイととる。

それが終われば全てを馬車に積み込んで出発だ。俺達も馬車に乗り込んだ。

「フレデリカさん」

「はいです」

「これをどうぞ」

俺は昨日作った簡易クッションをフレデリカ嬢に渡す。

「これは？」

「あー、尻の下に敷いてください。多分だいぶマシなはずです」

「ああ、なるほどです。ありがとうございますです」

フレデリカ嬢はニコニコと受け取ると、いそいそと尻の下に敷いた。アレはむしろ俺に必要だったのではと思えてくるな。まぁ、いいか。

クッションの上で機嫌よくしているフレデリカ嬢はますますもって小動物のようだ。その光景は馬車の中の面々を随分と和ませている。これだけでも作った甲斐（かい）はある。


この日の昼休憩も前日と同じく水場の近くだ。馬車を降りるとき、フレデリカ嬢に、

「お尻の痛みがだいぶマシになりましたです。ありがとうございますです」

とお礼を言われた。可愛（かわい）らしい子だし、素直に嬉しいな。作ったもので喜ばれると嬉しいのは、鍛冶仕事でもこういうのでも変わらない。

思わず頭を撫（な）でそうになるが、なんとか堪（こら）えることができた。


その後は目的地まで昨日と同じことの繰り返しだった。多くの武装した人間が行軍しているところを襲う野盗や獣はそうそういないだろうし、天候も特に崩れることもなかったからな。

こうして三日目の午後、俺達は目的の洞窟そばの広場に野営を開始した。明日の朝からは陣地設営がはじまる。

昨晩は移動後だったので、あくまで野営の準備だけしたが、今日からはここが討伐隊の前線基地となる。

なので、それに合わせて追加の設営が必要だ。

居住空間としての天幕は野営のときのままで十分だが、指揮所として使う大きめの天幕が兵士達によって新たに設営されていき、別の場所には杭が打たれて、簡易の馬房のようなものができている。

そして、ここでの我が仕事場となる簡易の鍛冶場も作る。穴を掘って柱を二本立て、屋根代わりの布を張った。

寝かせた三角柱の斜辺が布、底面が地面で、他が開口部と考えると分かりやすいかも知れない。

レンガで火床を一番広い開口部のほうに作る。

ふいごの風がちゃんと送られるように、レンガを組まないといけないのが一苦労だな。

助かったのは、鍛冶場の設営にも鍛冶屋のチートが有効なようで、どの辺りにどれを置けば効率よく仕事ができるかが〝分かる〟。

あの家をなにかで放棄しないといけなくなったときに再建するためだろうか。

天幕の設営を見てても、効率の良い設営とかは分からなかったので、あれは生産でも鍛冶屋でもないらしい。……当たり前か。
今回は炉は置かない。あくまで火床で熱して直せるものまでで、それ以上の作業はしない予定だ。二週間とかそれ以上かかる場合には炉と鉄石を持ってきたほうがいいんだろうけどな。

デルモットさんにも手伝ってもらって、金床を火床の近くに置く。あとは炭の入った樽と水の入った樽を持ってくる。

それに、ここまでの行軍で空になった小さめの樽三つを、底を上にして一つは金床の近くに椅子代わりに、もう一つはその椅子のそばに道具置きとして、最後の一つは砥石台として置いておくと、だいぶ鍛冶場らしくなった。

あとは自分達の天幕にある荷物から鎚とタガネ（以前にミスリル加工のために強化したやつだ）に、女神像を取ってきて柱に棚を作って設置した。地面に置くのは流石にはばかられる。

道具置きに炭を火床に放り込むためのスコップ、やっとこを立てかけ、上に家から持ってきた鎚とタガネを置いて、砥石を砥石台に設置すれば、エイゾウ工房出張所の完成だ。修理くらいなら幾らでも引き受けられそうである。

出張所の様子を眺めていると、フレデリカ嬢がパタパタとやってきて、同じく出張所の様子を見て感嘆の声を上げる。

「わ、凄いです。どう見ても鍛冶屋さんです」

「そりゃ、私は鍛冶屋ですからねぇ」

「ナイフとかハサミとか売ってもらえそうなのです」

フレデリカ嬢はニコニコと笑いつつ、書類に何かを書き付けながら冗談を言う。

「戦地価格なのでお高くなっております」

「エイゾウさんはなかなかガメついのです」

「へぇ、あっしはケチな鍛冶屋なもんで」

俺とフレデリカ嬢は笑いながら軽口をたたきあう。

「炭と水は無くなりそうになったら私に言ってくださいです。エイゾウさんが作業している時間帯は指揮所にいますです。あと、来る前に言ったように、修理依頼は私が持ってくるです。それだけ修理して欲しいです。私を通さないものは報酬に入りませんので、注意して欲しいです」

じゃあ報酬度外視でいいなら、フレデリカ嬢を通す必要ないってことか。そう思ったが、おくびにも出さずに、

「分かりました」

俺はニッコリとそう言った。


出張所を開店したはいいが、当然まだ仕事はない。手持ち無沙汰なので、おやっさん達の調理ナイフでも研いでやるかと、陣地内を調理場に向かって歩いていると、革鎧を着たリザードマンとマ

リートの兵士が戻ってくるところだった。

洞窟があるとか言っていた方角からだから、おそらく偵察だろう。そのまま指揮所のほうへ歩いていく。

他の兵士達は伐ってきた木で柵を作ったりしている。流石にエルフや巨人族の姿はないが、リザードマンやドワーフの兵士達はこの討伐隊にもいる。

柵を作る場所をドワーフの兵士が指示し、それを聞いて人間の兵士達が、木を組み合わせて柵を設置したりしている光景が目に映った。

それを横目に調理場へ向かう。サンドロのおやっさんが包丁の手入れをしていて、二人の若い衆は見当たらない。

――おやっさんと言ってはいるが俺の精神年齢と歳はそんなに変わらなかったりする。ただ肉体のほうは若返ってるから、それに合わせて呼ばないとな。

「やあ、おやっさん」

「おう、エイゾウか。どうした?」

「いや、仕事場を作ったのはいいんだけど、当面は仕事がなさそうなもんで、そのナイフでも研いでやろうかと」

「ああ、そりゃそうか。今日にも一回は出るつっても、まだ先だろうしな。戻ってくるまではお前ぇのできる仕事なんかねぇやな」

「そうなんだよ。暇を持て余すのもなんだからさ。料理人の命だろうから、無理にとは言わないけど」

「いや、そういうことならお願いするぜ。俺のはもうほとんど終わっちまってるが、あいつらのがまだあるんだ」

「そういや、あの二人は？」

「兵士さん達と水汲みに行ってるよ」

「なるほど」

みんな忙しいんだなぁ。俺もそのうち忙しくなるんだろうか。俺が忙しくなるってことは、それだけ武具が損傷してるってことだから、良いことではないんだよな。それを考えると忙しくなるのも考えものだ。


「これとこれと、あとこれかい？」

俺は大小三本の包丁を手にとって、おやっさんに確認する。

「ああ、よろしく頼むぜ」

「ほいよ。小一時間で戻すよ」

「おう」

包丁を手にブラブラと出張所に戻る。これ街中だったら完全に絵面がヤバいな。今でもそこそこヤバいが。

そのとき、兵士達が集合しているのが見えた。踏み台でもあるのか、高い位置にマリウスの顔が見える。出発前に檄を飛ばしているんだろう。

だとすると、ちょっと急がないと包丁研いでる最中に戻ってくることもあり得るな。

俺はブラブラと散歩でもしているような歩みを止めて、そそくさと自分の作業場に戻るのだった。

包丁三本を抱え、慌てて出張所に戻ってきた俺は、砥石を水で濡らしてそのうちの一本を研ぎはじめた。

手入れが行き届いていて状態は悪くないが、チート込みとは言え、プロとしての腕の見せどころだな。

チートを使って、適切な角度で刃を研いでいく。最初は全体を軽く打ち直してやろうかと思ったが、時間が差し迫っている可能性もあるので、砥ぎだけに集中することにした。

流石にチートでも刃の研ぎ直しだけで性能を向上させられる範囲には限度がある。

まぁ、まな板を切ってしまうほどに仕上げてしまうと若い衆が困るので、そこまで性能を向上させる必要はそもそもないんだが。

刃を研いだだけだし、元々手入れはされていたので、三本を処理するのにも思ったほどの時間はかからなかった。最後に水で流した後、布で拭き取って調理場へ戻る。

途中で討伐隊が集合していたところを見たが、そこにはもう誰もいない。

いよいよ討伐に向かったらしい。今日はどんな魔物がどれくらいいるのかを調べるための威力偵察だろうから、被害がほとんど出ないうちに戻っては来るだろう。あんまり油を売っている時間はなさそうだ。

調理場に着くと、マーティンとボリスも戻ってきていて、水の入った樽（たる）を調理場に並べていた。サンドロのおやっさんは夕飯の材料を用意している。

「おやっさん、二人の包丁仕上がったぜ」

「おう、ありがとよ」

俺は包丁をおやっさんに渡す。おやっさんは渡された包丁をじっと見ていたが、夕食の材料を手に取り、汚れをサッと落とすと鍋の上で切り始めた。見事な手付きで切られた材料は、ほとんど同じ大きさになって鍋の中に収まっていく。

「お見事」

「それを言うなら俺のほうだ。エイゾウ、お前良い腕してんなぁ。あいつらに使わせるのがもったいないぜ」

「元々の手入れが良かったし、それに……」

「それに？」

「それが仕事だからな」

「なるほどな！」

おやっさんはガハハハと豪快に笑った。

「おやっさんのも明日で良ければ見るよ」

「おお、じゃあ頼まぁ！」

「あいよ」

俺はヒラリと手を振って調理場を後にする。後ろからおやっさんの「お前ぇらこいつを粗末に扱ったら承知しねぇぞ！」という怒鳴り声が追いかけてきていた。


途中自分達の天幕に寄ってから出張所に戻ってきた俺は、すぐに火床に炭を敷いて火を熾しはじめた。

討伐隊が戻ってきて、依頼を受けてから始めても良いんだが、なるべく早く片付けてやりたいし、それに今日は今のうちに確認しておきたいこともある。


炭に火が回り、十分に温度が上がってきたので、俺は天幕に立ち寄ったときに持ってきた板金を一つやっとこで掴んで火床に入れる。何かあったときのために、少しだけ持ち込んでいたものだ。

おやっさん達の包丁だと、作業を途中でほっぽって修理にかかるわけにもいかないが、これなら好きなときに作業を止められるからな。

炭を余分に使うとは思うが、フレデリカ嬢に怒られたらその分は天引きしてもらおう。

ふいごを操作したり、炭を追加したりといった作業をしながら、板金を加工可能な温度まで熱していく。

この辺、いつもの作業場でないことに加え、堂々とは魔法が使えない不便さもあって、いつもどおりとはいかず、時間がややかかってしまった。

討伐隊が戻ってきていないかを気にしつつ、金床に熱した板金を置いて愛用の鎚で叩く。この辺りの作業はいつもどおり行う。

そう、いつもどおり特注モデルを作るときのようにだ。

叩いて作るのはナイフではなく、槍の穂先である。これならそんなに板金の量も要らないし、柄の部分は現地調達すればここでも使える。

柄はここで外してしまい、穂先だけの小さい状態で持って帰って鋳潰せば再利用もできる。

何度か叩いて材質的な均整が取れたので、俺はチートを更にフル活用して、今度は魔力の粒子を纏わせるようにしていった。

すると、いつもよりもかなり薄くではあるが、性能の底上げには十分な魔力が槍の穂先に籠もっていく。

「なるほどね」

リディさんに聞いた魔力が澱むと魔物が生まれるという話と、近くの洞窟に魔物がいるという話を合わせて考えれば、すぐに分かる話ではあったが、こうやって実際に作業すると実感できる。

「ここには魔力が満ちてるんだな」

俺はそう独りごちる。更に言えば——と、ここまで思ったところで、人が来る気配を感じて、俺はやっとこで掴んだままの穂先を作業場の隅に目立たないように置いておく。


やってきたのはフレデリカ嬢だった。後ろに二人がかりで樽を持った兵士がついてきている。

「エイゾウさん、この樽の中の武具の修理をお願いしますです。こちらが一覧になりますです」

フレデリカ嬢がピラッと書類を差し出し、俺は受け取って目を通した。ロングソードが数本欠けと曲がりが出ているのと、丸盾が二つほどだ。

少しちょっかいをかけてすぐ戻ってきたって感じだな。これならさほど時間はかかるまい。

「承りました」

確認したので俺は返事をする。

「では、よろしくお願いしますです。終わったら指揮所までお願いしますです」

フレデリカ嬢はペコリ、とやはり小動物を思わせる動きの礼をすると、兵士達と去っていった。

弓とか使ってたら、矢の補充の計算とかいるから大変だよな。

俺はフレデリカ嬢の苦労を思いながら、自分の作業に取り掛かるべく、樽の剣を抜き取って火床に突っ込んだ。


火床に突っ込んだロングソードだが、加熱しないといけないということは相当歪(ゆが)んでいるということだ。普通こういうのはちゃんと直そうと思うと非常に時間がかかるものなのだが、今回はチートに頼ってしまうことにする。

歪んでいるところだけを熱して、歪みを戻すのに必要な温度まで上げていく。

しかし相当に歪んでいるな。どういう使い方したんだこれ。突き刺した後、抜けなくて馬鹿力でこじったとかだろうか。そうだとしたらドワーフか獣人、リザードマン辺りの仕業か。

温度が上がったので、歪みを叩いて取っていく。こうやって直せるところまで温度を上げて柔らかくしてしまうと、再度焼き入れしても元のようにはならないのだが、そこはさっき確認したことが活きてくる。

叩いて直しつつ、少しずつ魔力を織り交ぜて、再焼き入れしたときに周りと同じ硬さになるように調整するのだ。その塩梅はもちろんチートで掴んでやっていく。

こうして一部にだけ多く魔力を纏った剣のその分を焼き入れ、焼き戻しをして磨くと、見た目にも性能的にもほとんど元通りのロングソードが復活した。

ただ、切れ味が同じというだけで、同じ場所でこじったりした場合には当然ここだけ魔力が含まれているので、多少強度が増していることが分かるし、見る人が見れば補修に魔力を使ったことはバレるだろう。

しかし、全体に魔力を入れてしまうと高級モデル以上にならざるを得ないからなぁ。今はこの補修で良しとしよう。

他の歪みの少ないロングソードと、盾については熱したりせずにそのまま叩いて直す。盾は多少歪な部分は出るものの、使用には全く差し支えない。

刃の欠けが大きめのロングソードは応急として研ぎだけ行うことにした。あんまり大きいなら鉄片を継いで直す必要があるかも知れない。普通ならやらないが、戦地での応急処置だから十分ではあろう。


今回持ち込まれた中にはなかったものの、大きな亀裂の入ったもの、折れてしまったものがあれば、それらは修理されずに廃棄となる。

修理できるかどうかのチェックは俺が判断するので、今回はそこまでいった武具はなかったということだ。

さっきの大きく歪んだやつも修復不能、としても良かったのだが、今回はさっきやった方法が上手くいくかの確認もあったので、こう言ってはなんだが「ついで」ではある。

一つだけ言い訳をするなら、手早く修復する手法を確立しておくことで、最悪予備のロングソードが無くなってしまった場合でも、歪んだものを修復して使ってもらうことができるように、という狙いはある。……いやほんとに。


一通りの作業が終わったので、預かっていた書類を持って指揮所に向かう。

もうお日さまも今日の仕事を終えるために、最後に世界をオレンジに染める作業をしていて、その中を夜に備えて篝火（かがりび）を用意する兵士達がうろちょろしている。

ちょっと急がなきゃな。飯を食いっぱぐれちまう。


指揮所の天幕に入ると、マリウスとルロイ、他に何人かの兵士があれこれと話し合っていた。明日の本格的な討伐戦に向けての作戦会議を延々としているのだろう。

片隅の簡易机で何やら書類と格闘しているフレデリカ嬢を見つけた俺は、持ってきた書類をフレデリカ嬢に差し出した。

「今日の分は終わりましたよ」

「さすがエイゾウさん、早いのです」

「今日はものも少なかったですからね」

フレデリカ嬢は書類の一覧を指さしながら言う。

「ここにあるものは全部です？」

「ええ。修復不可能なものはありませんでした」

「分かりましたです。後で兵士に取りに行かせますです。今日はお疲れ様でしたです」

「それでは失礼します」

フレデリカ嬢に一礼して天幕を出ようとするときに、チラッとマリウスのほうを見ると目が合ったので会釈をしたら、一瞬だが珍しいものを見た、という顔をした。

そりゃこういうところで一介の鍛冶屋が伯爵に気安く「調子はどうだい？」とか言えるわけがなかろう。


出張所に戻って、後片付けをする。パパッと片付けが終わってしまったので、どうしたものかと思っているところに、ちょうどよく兵士さんが直した武具を引き取りに来た。

「ご苦労さんです。今日は少なかったですね」

「鍛冶屋さんこそ。まぁ、今日は入り口近くをちょっと見て回っただけですからね」

「なるほど。いくら壊しても直しますんで、頑張ってください」

「ありがとうございます。それでは」

向こうのほうが若干立場が上のはずなのだが、マリウス直々(じきじき)の招聘(しょうへい)であることが知れ渡っているのか、お互いに丁寧な会話になってしまった。

ともかく、これで今日の仕事は完全に完了だな。おやっさんのところへ行って、飯食って寝よう。


辺りには夜の帳(とばり)が降りはじめていて、暗がりを篝火が照らす中、おやっさんのところ――つまり調理場のほうへ行くと、チラホラと兵士の人達も遅めの夕食をとっている。

シフト交代のタイミングで食いに来てるのだろうか。

補給部隊も俺とフレデリカ嬢の他はもう食い終わったそうなので、フレデリカ嬢には悪いが先に頂いてしまうとするか。

今日のメニューはやはり干し肉を煮込んだものではあるが、少量の根菜やジャガイモっぽい芋などと煮込んだシチューに近いものであった。

そう、芋である。うちの庭に植えて育ってくれれば大変に助かるであろう作物の芋。

カミロに頼んでいるところではあるが、これは遠征から帰ったらおやっさんにも仕入れ先を確認せねばなるまい。

そう決意しながら、おやっさん達の作ったなかなかに美味(うま)いシチューを俺は頬張(ほおば)った。


おやっさんの夕食を食い終わって、食器を戻したらあとはさっさと寝てしまおう。明日が本格的な討伐なら、忙しいのは間違いない。

早めに寝て英気を養っておかないと、三十歳の体では体力が心許(こころもと)ないことになってしまう。

自分達の天幕に戻って毛布をひっかぶり横になると、思いの外疲れが溜(た)まっていたのか、睡魔は早く訪れてくれた。

◇◇◇

翌朝、日が昇ってすぐくらいの時間に起きて軽く体操をしたあと、身支度を整えて調理場へ向かう。おやっさん達はもう既に朝飯の準備を終えて、俺達が食べに来るのを待ち構えていた。

「おはよう、おやっさん」

「おう、おはよう！」

「おやっさんは朝から元気だなぁ」

「おおよ！　元気を分ける側がしみったれた顔してちゃあ、締まんねぇからな！」

「プロだね、おやっさん」

「あたぼうよ！」

　確かにこのおやっさんの元気さは見習うべきところがあるな。俺は朝飯のスープとパンを受け取って、簡易テーブルへ向かった。

　スープには具材がゴロゴロ入っていて、朝からしっかりした内容の飯だ。

　兵士とかはこれくらい食わないとやってられないだろうしなぁ。パンもこっちに来てから焼いたのか移動中に出ていたものと比較して柔らかい。

　昼ごろまでに忙しくなる可能性もあるから、俺もしっかり食っておかないといけないな。

　急ぎ気味に食べている兵士の人達を横目に、俺はゆっくりしっかりと食事をとる。少々心苦しいところはあるが、年齢とやる仕事が違うから、その辺りは納得してもらうことにしよう。

　そうやって食べていると、フレデリカ嬢が朝食を持ってこちらへやってきた。

「エイゾウさん、おはようございますです」

「フレデリカさん、おはようございます」

フレデリカ嬢は俺の向かいに飯を置くが、随分と眠そうである。

「眠そうですが、昨晩は遅くまで？」

「はいです。伯爵様が遅くまで作戦を練っておられたので、それに合わせて補給品の計算をしてましたです」

言い終わると、ふわぁと可愛らしいあくびをするフレデリカ嬢。

「それはご苦労様でした。ですが、あまり夜更かしはいけませんよ。若い女性の美容の大敵と聞きますからね」

「ありがとうございますです。ですが、私が美容を気にしても仕方ないです」

フレデリカ嬢はそう言うが、マリウスのとこのパーティーで見た貴族のお嬢様と比べても普通に可愛らしいのだし、今みたいな野暮ったい服じゃなかったら、ほっとかない男は多いと思うけどな。

「フレデリカさんは、もっと自信を持っていいと思いますけどね。貴族のお嬢様と比べても」

俺はスープを口に運びながら言う。

「いえそんなです……」

フレデリカ嬢は口ごもる。照れているのかどうかは判別できない。朝から気まずいのもなんなので、話題を変えよう。

「そう言えば、今日は修理が多くなりそうなんですか？」

「うーん……」

フレデリカ嬢がスープを掬った木製の匙を口にくわえたまま考え込む。視線は正面だが、焦点はどこにも合っていない。

これは彼女についてこの数日で分かったことの一つで、考え事をするときはどこか遠くを見るようになるのが特徴なのだ。

「おそらく増えると思いますです。ある程度の〝損耗〟は覚悟する、と伯爵様はおっしゃってましたです」

「なるほど」

ということは数が多いか、強敵がいたかのどちらかか。昨日はそれがある程度まで分かったところで戻ってきたのだろうな。


フレデリカ嬢が考え込んでいたのは、どこまで鍛冶屋に話していいか悩んだのだと思うが、補給計画の一環として教えてくれている、あたりだろうか。

「でしたら、炭をもう二樽ほど持ってきていただいたほうが良さそうですね。火床もあれでなかなか炭を使いますので。その状況だとお互い忙しくて手助けを頼めない可能性もあります」

「分かりましたです。手配しておきますです」

フレデリカ嬢は虚空を見上げて、「炭を二樽エイゾウさんのところにです」と三度呟いた。これが彼女の癖の二つめで、紙に書いたりせずに大事なことを覚えるときは、こうやって三回口に出して覚える。

「お手数ですみませんが、よろしくお願いしますね」

「もちろんです」

フレデリカ嬢は今日も小動物のような微笑みで俺に応えた。


その後は取り留めのない話を二、三して飯を終わる。

結局、彼女がなぜ今回補給品回りの文官に抜擢されたのかは聞いてないな。実戦経験がないという話だったので、やはり実戦経験を積ませるのが目的だろうかね。


朝飯を済ませて出張所へ向かう途中、フル武装の兵士達が集合しているのを見かけた。出発はまだ先なのだろう、整列はしていない。

と、その中に昨日は見かけなかった姿がある。細身で耳の長い男達――エルフである。

「やっぱりか」

エルフの姿があることに俺は驚かなかった。昨日試したとおり、この一帯は魔力が結構ある。

であれば、定期的に魔力を吸収する必要があり、そういった場所でしか暮らせないエルフ達がこの辺りに居を構えていても全く不思議はない。

自分の住むところに魔物の不安があれば、取り除くのを手伝おうという思考は当たり前だからな。

魔力の供給が必要で、しかし近くに洞窟などの魔力が澱む空間があれば魔物のリスクがあるってのはなかなかに難儀な話だ。

俺はほんの少しの同情をしながら、今日の自分の仕事に集中すべく、再び出張所を目指した。

と、張り切ってはみたものの、討伐隊の出発もまだなのに俺に仕事があるわけもない。おやっさんに言って、昼過ぎまで寝てたほうが良かったかも知れん。

今から二度寝……というのもなんだか具合が悪いし、何かを手伝うと言っても出発直前のこの時間に手伝えることなどほぼない。

で、あれば、出張所の隅に目立たないよう転がっている槍の穂先を仕上げて、準備運動とするのが良かろう。俺はそう判断して、昨日の作業で残った炭に着火を始めた。

火が熾りつつあったので、ふいごで風を送る。十分に火が回ったら、隅っこからこっそり持ってきた槍の穂先を加熱だ。炭を足してふいごを操作し温度を上げていく。

十分に温度が上がったので取り出して鎚で叩き、形を整えていく。

これは誰かに渡すつもりもないので、特注モデルの作り方でやっているが、工房本店のある〝黒の森〟よりも、こちらのほうが魔力が薄いのは確実だな。能力の底上げはされるが、向こうで作るほどの性能にはならなそうだ。

同じようにナイフを作ったとして、本店だと台の丸太ごと切れるが、出張所では半分から三分の一食い込んで終わり、といった感じである。それでも十分な性能ではあるんだが。

そうやって作業をしていると、兵士が四人ほどで炭の樽二つを持ってきてくれた。存外に早かったが、フレデリカ嬢も今はまだそんなに忙しくはないはずだ。

討伐からみんなが戻ってきたら、そのときは地獄の釜の蓋が開くことになるが。

「ああ、すみません。そこの樽の横に置いておいてもらえたら大丈夫です」

「分かりました」

兵士達は樽を置くと去っていった。もう部隊は洞窟に向かっただろうから、彼らはきっと護衛として残された人達だ。

もしかしたら休憩時間を削ってしまった可能性はあるな。そう考えるとほんのちょっと罪悪感があるが、若人には存分に働いてもらおう。

俺はそんな黒い（ブラック）思考を頭によぎらせながら、作業に戻ろうとする。

そこへ、バカでかい声が発信元と共にやってきた。

「エイゾウ！　俺のナイフを見てもらいに来たぞ！」

サンドロのおやっさんだ。そういや、昨日そうするって俺が自分で言ったんだったな。歳（とし）をとると忘れっぽくなっていけない。

「あいよ」

俺はすっかり忘れていたことをおくびにも出さずに返事をする。

二本の包丁が渡された。大小二本の牛刀っぽい形のものである。若い衆のも形はほとんど同じだったが、小さいほう二本と大きいの一本だったので、大きいほうはしょっちゅう使うものでもないのだろう。

「そうだな、小半時もあれば終わると思う」

二本の包丁を確認しながら俺は言った。流石はおやっさんだ。手入れがほぼ完璧である。いい職人は道具そのものも一級だが、その手入れも一級品だ。自分の腕や手や指先も同然だからな。

こと包丁の手入れだけに関して言えば、リケよりもおやっさんのほうが上回る部分があるかも知れない。

「そんくらいなら見てってもいいか？」

おやっさんが珍しくあまり大きくない声で（つまりはそれでもデカい声だということだが）尋ねてくる。

おずおずといった感じがないのは偏におやっさんの体格と声のでかさに由来する。

「別にいいけど、つまんないかも知れないぞ？」

「いやぁ、俺が手入れするときの参考になればと思ってな」

なるほど。別に断る理由は元々なかったが、そういうことならますます断る理由がなくなる。

俺はおやっさんの要請を快諾した。

「ちょいと調整するのに叩くけど、びっくりすんなよ」

「おう」

一応おやっさんに断っておく。いきなり叩いて気分を害されてもつまらんしな。

包丁を金床に載せてチートで確認すると、腕のいい職人の手によるものなのだろう、なかなかの逸品である。

うっかり魔力でもこめようものなら、えらい切れ味になってしまうので魔力はこめず、しかし僅かな歪み（ゆが）や組織のバラつきを直すようにしつつも形は変わってしまわないように気を使って叩く。

こういうことができるのもチートさまさまではあるな。

この作業では加熱はしない。見たところ焼きが入っているので、これで加熱してしまうと小一時間どころの仕事ではなくなるからな。


二本ともそうやって歪みや組織のバラつきをとった。うちの工房で言うところの高級モデルでもできの良いやつくらいになる。

「は〜」

そこまでの作業が終わると、おやっさんが感嘆の声を上げた。

「何してるかさっぱり分かんねぇな」

「そりゃあ、この作業はそうだよ。普通の手入れでやる範囲じゃないし。俺だって、おやっさん達が料理の仕込みで何してるかなんてさっぱりだからな」

「そりゃそうか」

実際には職業が違うこと以上の隔たりがあり、並の鍛冶屋でも俺が何していたのかはおそらく分からないだろうと思うのだが、俺はそう言っておく。おやっさんは素直に信用してくれた。

「こっからは分かると思うぞ」

「おっ」

研ぐ工程はおやっさんも手入れで散々しているだろうし、細かいところは分からないかも知れないが、概ね何をしているかは分かるだろう。

俺はいつもよりゆっくりめに研いでいく。もちろんチートを使って、より切れ味が良くなるようにだ。

基本的には角度の問題だが、さっき調整した分、普通に研いでも切れ味は上がっていると思う。

これも元々の手入れが良かったので、さして時間はかからなかった。おやっさんの腕前なら普段の仕事で使う分には自分の手入れで十分問題ないだろう。

「ほい、これで終いだ。見た感じ、おやっさんの手入れでも十分だと思うぜ」

仕上がった包丁二本をおやっさんに渡す。

「おお、すまねぇな」

「これで美味い飯作ってくれよ」

「そっちのほうは任せとけ！」

いつにも増してデカい声で、おやっさんはそう請け合ってくれたので、俺は笑みでそれに応えた。

おやっさんの包丁の手入れを終えたので、穂先の仕上げに取り掛かる。

包丁の手入れの間に下がってしまった火床の温度を、ふいごを操作して再び上げていく。炭の火持ちが良かったので再着火の必要がないのが助かる。

やっとこで穂先を掴(つか)んで火床に入れて、炭を追加し風を送る。落ち着いたように見えた炎が再び息を吹き返し、穂先の温度を上げていく。

やがて、焼き入れに適した温度に上がったことをチートで察知した。火床から素早く取り出し、水に入れて急冷する。

やっとこから手に鋼が硬くなっていく感触が伝わってきた。

その感触から頃合いを再びチートが教えてくれて、水から取り出す。じわっと呼吸を始めたかのように、穂先から湯気が立ち昇る。

あとは細かい凹凸を砥石(といし)で磨いて均(なら)し、研いで刃をつけた。これで槍の穂先としては完成である。

まだ洞窟に行った部隊は戻ってこないようだし、柄を探しに行くか。

出張所を出て、エイムール家の資材を積んだ馬車に行く。

あの馬車に積んであるものならフレデリカ嬢に断る必要もないし、何かあっても最悪後で俺がマリウスに直接弁償すれば済む……と思う……ので、便利使いさせてもらうことにする。

洞窟に行った部隊がいつ戻ってくるかは分からないので、素早く探さないとな。ゴソゴソと馬車の中を探っていると、色んな長さの棒をまとめたものが出てきた。

これは多分、突撃防止のじゃなくて、ここを囲む柵に使ったやつの余りだな。

であれば、おそらくもう使うまい。陣地転換はしないだろうから、柵を追加することもなかろうしな。

その中でちょうどぴったりよりも少しだけ長さのある棒を取り出して、出張所に戻った。

出張所に戻ってきた俺は、持ってきた棒をちょっと切り落として、ぴったりの長さにした。切り落としたほうもこれはこれで使うのだ。

穂先の柄を差し込むために広げてあった部分に、棒の先を突っ込んでカシメる。これで槍のほうが完成した。石突きは作らない。多分実戦で使うこともないだろうしな。

切り落とした短いほうの棒——というか切れっ端をナイフでくり抜いて小さなカップを作る。

そこに水筒の水を入れて、女神像を置いてある棚に一緒に置いておく。

槍は女神像を置いている柱の下に奉納代わりに置いておいた。

そんな事態が来ないほうが良いのは当たり前として、万が一この槍を使うような事態が来たら、この女神様のご加護を得られるといいのだが。

なんの女神様なのかは俺も分かってないのがネックだな。

やることが無くなってきたなと思ったら、今度はマティスがやってきた。

「蹄鉄を直して欲しいのだが、いいか？」

「ん？　ああ、いいぞ」

金にはならんのだが、別に断ることもないなと思い、引き受けることにする。もっと暇を持て余すかと思ったが、なんだかんだで忙しいな。

俺が了承すると、マティスは馬蹄をいくつか渡してきた。確認してみると、確かに歪みが出ているな。加熱するほどでもないので、直接金床で叩いて直していく。

「いい蹄鉄だな」

チートで分かったが、使っている鉄が割といいものだ。こう言うと語弊があるが、馬蹄にはもったいないくらいの気もする。

「分かるか」

マティスはいつもの間延びした、だがしかし少し喜色を含んだ口調で聞いてくる。

「ああ。そりゃ本職だからな。作りもそうだが、材がなかなか良いな」

「そうか」

更に喜色を増した声音でマティスが言う。表情があんまり変わらないので分かりにくいが、こいつ意外と素直なのかも知れない。

そこそこ時間がかかったものの、全部の蹄鉄を叩いて直し終えた。

全てチートを使い、かつ、武器じゃないので強化しても問題ないと判断して、そこそこ魔力もこめたため、おそらく並の蹄鉄より遥かに長持ちするだろう。

「ほい、終わったぞ」

「すまないな、感謝する」

「気にするな。これも経験だ」

俺は手をひらひらと振って応える。

「エイゾウは蹄鉄は作らないのか？」

「うーん、頼まれれば作るだろうけど、今は武器がメインだな」

「そうか」

マティスはそう言ったが、やはり表情があまり変わらないので悲しいのか納得しているのかは分かりにくい。そのうち蹄鉄の発注が来ることも考えたほうがいいのかな。

マティスは蹄鉄を受け取ると、再び間延びした話し方で礼を言って簡易馬房のほうへ向かっていった。


これで一息つけるかと思った途端、更に次の仕事が舞い込んできた。

洞窟に向かった討伐隊が戻ってきたらしく、フレデリカ嬢が修理依頼書と共に出張所に襲いかかってきた。

「エイゾウさん、すみませんです！　これ全部直して欲しいです！」

フレデリカ嬢がいつになく焦った感じで言ってくる。

「どれどれ……」

修理依頼の目録をざっと見ると、結構な数だ。これは負傷者なんかもそれなりの数が出ていそうだし、指揮所はてんやわんやなんだろう。

「承知しました。とりあえず持ってきてください」

「お願いしますです！」

フレデリカ嬢は再び慌ただしく去っていく。これから他の資材の管理もあるだろうし、本当にお疲れ様である。


俺はフレデリカ嬢を見送ると、渡された依頼書の詳細をチェックし始める。

リストにはロングソードがたくさん、盾が少々、鎧の胸当てが一つあった。なかなかの激戦を想像させる。

チェックし終わった頃、兵士達が武具を樽四つ分に満載して持ってきた。

「今日は多いですね」

「ええ。昨日よりも奥へ行ったので」

なるほど。今日で片がついたのなら良かったのだろうが、修理を依頼してくるということはおそらくまだ片付いてはいないのだろう。

「頑張って直します」

「すみません、お願いします」

さて、修理に取り掛かるか。そう思って腕まくりなどをはじめたところへ、樽を持ってきた兵士の一人が声をかけてきた。

「あの、鍛冶屋さん」

「なんでしょう？」

「俺、昨日に剣をダメにしちゃったんですけど、鍛冶屋さんが直してくれたって」

「ああ。何本か直しましたね」

「今日、修理したやつを回されて、こりゃダメだと思ってたんです。でも、使ってみたら全然新品みたい……いや、直す前より頑丈に思えるくらいで」

「へぇ」

「本当にありがとうございます」

「いやいや。私は仕事をしただけですよ」

ペコリと頭を下げる若い兵士に、俺はそう返した。うーん、魔力をこめていることまではバレてないようだが、違和感はあるようだ。

今のところ、その違和感が良いほうに向いてるので方針変更はしないが。そこで弱く作って死なれでもしたら寝覚めが悪いにもほどがある。

兵士は走って戻っていく。俺はその背中を見ながら樽の武具を見た。

これは今日中には終わらんかも知れんな。俺は樽の中から全てを一旦取り出した。

樽四つ分の武具は流石に量があった。出張所に所狭しと並んでいる。俺はそいつらを直す時間が少なくて済む順番に並べ替えていく。

なるべく直す時間が短いものから修復することで、一つでも多くの武具を早く使用可能な状態に戻していきたい。

そうすれば同じ時間でも使える武具が増えることに繋がるだろうし。

いざというときには、その一つがみんなの生死を分けることがあるかも知れないからな。

まずは軽く歪んだロングソードの修復から行う。火の用意もいらないし、作業工程も叩くだけとシンプルだ。

むろん、一回や二回叩けばすぐ直るようなものは、そもそも不具合が起きていると認識されておらず、持ってきてはないだろう。つまり、修復には最低限それ以上の時間がかかることが確定している。

だが、こいつらから片付けないことには始まらないので、一本を手に取ると、金床に置いて歪みをチェックしながら鎚で叩いていく。

やや強引ではあるが、チートのおかげで大して時間をかけずに一本を修復できた。これがあと二桁ちょいある。ホッとしたりげんなりしたりしている暇はないし、俺は修復し終えたものを樽に入れて、次の一本を手にとって叩き始めた。

ガンガン修復を続け、軽い歪みの修整が必要なものは全て修復し終えたので、それらが入った樽に研ぎが必要なものを一緒に入れて、砥石台のそばに持ってくる。

空の樽も持ってきて、砥石台のそばに並べた。


ロングソードの入った樽から一本を抜き出して、チートで確認しながら研ぐ。出来栄えはあまり気にせずに、使える状態になればいい。

同じ作業はまとめてやったほうが効率がいいので、研ぎの作業だけはまとめてできるように調整したのだ。

そんなに経たないうちに一本が仕上がる。チートを使わない状態ならもっと時間のかかる作業ではあるが、出来栄えを気にせずにやるなら、さほどでもない。

この後も樽から取り出して研いで仕上がったら別の樽へ、という作業を繰り返していき、やがて研いでないほうの樽には何も無くなった。

「これでロングソードは一旦は終わりか」

二桁と少しの剣が前線に戻せる状態になった。大きく歪んだ数本は未修復のまま残っているが、補充としては十分な数を確保できたと言っていいだろう。


次に盾二つを修復する。片方は叩いて直せるが、もう片方は穴が空くほど凹んでいて、補修するには熱さないとならないし、熱する場合、盾では持ち手を外したりなんだりとするのが非常に時間がかかるので、こっちのほうは一旦修復不能と判断する。

　叩いて直せるほうの盾も、剣以上に叩く必要があるのはチートで確認しても確かだな。さっさと取り掛かろう。


　盾は緩やかにカーブしている。なので、凹んだ部分はそれに沿って修復する必要がある。当て木をするのが良いのだろうが、ここはチートでなんとかしてしまおう。

　最初に凹みを反対側に叩き出していく。こうしてまずは平らに近い状態まで戻す。

　このあと、魔力が少し入るようにしながら、カーブが戻るように角度をつけつつ叩き出す。

　普通ならこんな修正では元の性能にはならない。

　前の世界で言えば、一度中央を凹ませた空き缶を元に戻そうとするようなものである。一見すれば元に戻ったように見えるかも知れないが、よくよく見ればあちこちにひずみができている。

　それと同じで裏から叩いてもそう上手(うま)くは事が運ばないものだが、そこはチートと魔力の合わせ技でなんとかしてやるのである。

　やがて、盾はほぼ元の丸みを取り戻した。確認すれば細かい歪みはまだあると思うのだが、前線で修復する範囲としては十分だろう。

　ここでもう日が傾きつつあった。まだ胸当ての修復が残っているのだが、これは今日中に仕上げる必要があるやつなのだろうか。

大きく歪んだロングソードは亀裂が入っていたり、全体の加熱が必要だったりで更に時間がかかりそうなため、修復を見送ることにするとして、そこの確認がいるな。

俺はリストを手に一旦出張所を出て、指揮所に向かうことにする。


指揮所の天幕に入ると、中は落ち着きを取り戻しつつあった。俺が修理している間に、帰還してからかなりの時間が経っているだろうからな。

マリウス達も作戦を練るためのテーブルの辺りにいて言葉を交わしているが、侃々諤々ではなく、確認を繰り返すような感じである。

フレデリカ嬢が修理の依頼に来たし、撤収の命令も下りてきていないから、失敗か成功かはともかく明日も作戦が続くのだろう。

明後日までは延長しても予定のうちだから、今日は比較的損害が軽微なうちに撤退してきたのかも知れない。


「フレデリカさん」

「あ、エイゾウさん。終わりましたです？」

そんな指揮所でも、比較的忙しそうにしているフレデリカ嬢に声をかける。

「いえ、あとは胸当てが残ってます。時間的にそろそろ日が落ちるので、今日修復するなら篝火がいりそうなので、今日中に修復が必要そうならその手配をと」

「なるほどです。胸当ては予備があるので、明日以降でもかまいませんです」

「あとですね、この辺の盾と剣がここでは修復不能です。どうしてもという場合は直せますが、かなり応急になりますね」

「分かりましたです。修復できない分はそのままで大丈夫です。今日修理が終わった分は後で引き取りに向かわせますです」

修復不能と判断したもののリストで指さすと、フレデリカ嬢は新しい紙を取って、そこに何かを書き付けていく。

支払いに影響するし、帰ったときに別途どこかで修復する依頼書みたいなのもいるだろうから、多分そういった類いのものだろう。

「それじゃあ、これはまた明日持ってきますね」

俺は持ってきたリストを手に取る。

「明日には片付くと良いですね」

「ええ、そう願ってますです」

俺は指揮所を後にする。明日からの修復の予定を考えつつ、出張所に戻った。

出張所に戻ったら、そのまま片付けをする。引き取りに来るまでの間、胸当てのチェックをした。

基本的には叩けば直せるだろうが、少し加熱の必要がある。

直すところだけ加熱すればいいが、念の為ベルト類を取り外さないといけないので、そこが手間のかかるところだ。

兵士達は片付けを終えてから、そんなに経たないうちにやってきて、修理を終えた武具を引き取っていく。また頑張って働いてこいよ。

その後はおやっさんのところへ行って晩飯を頂いたら寝るだけだ。滞在の延長は予定どおりなので、食材を切り詰めたりといったことはまだ始まっていない。

今日も十分に美味(うま)い飯を食って自分の天幕に戻ると、睡魔が速やかに訪れてくれた。

◇◇◇

翌朝、起きて身支度を整えたら朝飯を食いに行く。兵士も何人か食いに来ていたが、見る限りは皆まだ士気も落ちていない。

おそらく今日で片をつける気だろうし、今日頑張れば晴れて凱旋(がいせん)、という思いが彼らを支えているのだろう。

逆に言えば、今日で決めないと明日は怪我(けが)やなんかで数が減った上に、士気もガタ落ちしている手勢で攻略しないといけなくなる。

相手とこちらの状況にはよるが、そうなったら一度撤退して再度やってくるか、援軍を待つしかない。

今日の夕方早馬を飛ばして、六日ほど頑張れば援軍の先遣隊は補給物資付きでたどり着くだろうし、その二～三日後には援軍の本隊もやってこられるだろう。

だが、その失敗はエイムール家の将来にとって良くない影を落とすことが容易に想像できるし、援軍の出征費を誰が出すのかとなれば国よりはエイムール家のほうが按分が大きくなるだろうから、なんとか今日決着をつけたいはずだ。

とは言っても、俺はせいぜいその手助けをするくらいだろう。そんなことを思いながら、飯を食って出張所に向かった。


出張所に着いたら火床で火を熾し、温度が上がるまでの間で胸当てのベルトを外す。なかなかに手間はかかるが、なんとか外すことができた。

チートを貰った範囲は鍛冶屋だし、一応は防具でも有効なはずなんだよな。今のところは手間の割にできる数が少ないし、ナイフみたいに生活用品として売れるわけでもないので作ってないけど。


温度が上がってきて、さあやるかと思ったところへ若い兵士が走ってやってきた。指揮所からちょっと離れてはいるが、息が上がっているので、相当に急いだのだろう。

「すみません、伯爵がお呼びです」

兵士は俺に言った。

「伯爵様が？」

「ええ。急ぎの用だとかで」

「分かりました。向かいます」

火床の始末が気になるが、放置してて問題になるようなことはないので、俺はすぐさま向かうことにした。


兵士について指揮所に向かう途中、広場になっているところで金属や革の鎧をつけた兵士達が集合していた。

ルロイがチェックなどの報告を受けている。もう少ししたら洞窟へ向かうのだろう。今日で片をつけられるよう、頑張って欲しいものである。

「伯爵閣下、鍛冶屋をお連れしました！」

天幕に入ると兵士がマリウスに報告する。個人的な友誼はともかく、ここでは伯爵閣下と一介の鍛冶屋だ。兵士の言いかたに異論はない。

「うん、ご苦労だった。ちょっと皆控えてくれ」

マリウスは鷹揚に返すと、人払いをする。ゾロゾロと数人の兵士とフレデリカ嬢が出ていった。

フレデリカ嬢が心配そうな目でこっちをチラッと見ていたが、多分処罰とかではないはずだ。もっと悪いことかも知れないが。

こうして指揮所の中は俺とマリウスの二人だけになった。

「わざわざ人払いまでするってことは、なにか重大なことでも？」

俺とマリウスの二人だけになったので、俺はざっくばらんな口調で話す。

「うん。大したことではない、と言えば大したことではないんだが……」

マリウスにしては珍しく口ごもる。

「別に今更遠慮することもないだろ。まぁ、もちろんその分は貰うけどな」

俺は笑いながら先を促した。

「それじゃあ、エイゾウにはすまないのだが、洞窟への護衛をして欲しいんだよ。と、言っても俺じゃない。近くのエルフの里の人だ。魔物の発生源を封じ込めるのに協力が要るのでな」

「兵士では手が足りないのか？」

「いや、割り当てることは不可能じゃない。ここの陣地の護衛から二人ほど引き抜いてもここの防備は大丈夫だろうし、そうすれば頭数的には問題ないんだが、いかんせん実力がな……」

「ああ……」

ここに来ているのはほぼ新兵だ。十人単位を取りまとめる隊長なんかはそれなりの経験者が来ているが、彼らは彼らで自分の仕事がある。

そして護衛とは対象の身の安全はもちろん、自分の身も守れなくてはいけない。

いざという時に身を賭して守る覚悟があるかどうかとは別で、護衛があっさり死んでしまっては護衛の意味がないからな。

「俺はただの鍛冶屋だぞ」

ただの鍛冶屋に頼むはずがない、というのは分かった上で俺は一旦抵抗を試みる。

「エイゾウは腕が立つだろ？」

無駄だった。騒動のときに侯爵閣下にも煽（あお）られてるし、そのときの威圧を受け流したのをマリウスは知っているから、実力的に問題がないことはバレている。

「俺としても、お前を巻き込むのはどうかとは思うんだがな……」

本音かどうかはともかく、すまなそうにマリウスは言った。

大恩とまでは言わずとも、恩義のある友人が困っているのだし、何より、

「頼まれちゃったからな」

「ん？」

「いや、こっちの話だ」

出立の前日、ディアナにはマリウスを守ってやるよう頼まれている。家族のお願いとあらば聞かないわけにはいくまい。

「分かった。ただし、鍛冶屋のオッさんが護衛になる理由だけは用意しておいてくれよ」

「そこは『彼は武術を極めんとする心が高じて、自らの武具を追求すべく鍛冶屋になった。そのうちそちらが性に合うようになっただけで、新兵よりは腕が立つ』で通すよ」

既にカバーストーリーまで用意されていた。俺は肩をすくめて、やや不承不承の同意を示す。

「もう出るんだろ？」

「ああ。護衛対象とはここを出て少し行ったところで落ち合うことになっている」

「分かった。それじゃちょっと用意してくる」

「頼んだぞ」

俺はヒラリと手を振って承知したことを示すと、自分の持ち物を取りに天幕へと走った。

まずは自分の天幕に戻って、自前のショートソードを取る。

急いで作業場に戻り、余分な炭は外に掻き出して、火のついてるものは中央にまとめておき、手前にレンガを置いて火のついた炭が飛んでいかないようにしておいた。

飾ってある女神像をお守り代わりに懐に入れ、槍を取る。全長一二〇センチくらいだし、洞窟が相当狭くなければ有効だろう。

護衛と言うからには、それなりに遠間で攻撃できる武器があったほうが良いだろうからな。

いざ放棄しないといけないときは、穂先だけでも持って帰るようにしないとな。


二つの武器を持って、再び指揮所に戻る。俺用だろうか、上半身用の革鎧が用意してあった。

「こちらが私のでよろしいですか?」

天幕の中にはフレデリカ嬢も含めて他の人もいたので、俺はマリウスに丁寧な口調で話す。

「ああ。それを使ってくれ。おい」

「はっ」

マリウスは俺の言葉に応えると、近くの女性兵士を呼びつけた。その人が鎧を持って俺に着せ付けてくれる。俺も着慣れてないからな……。

しかし、それにしても手慣れているな、と思ってよく見ると、前に貴族服の着替えをしてくれたエイムール邸の使用人の人だ。

向こうもこちらが気がついたのが分かったらしく、クスリと笑った。

鎧を装着すると、さながら軽装歩兵のようではある。ファランクスに入るには盾が足りないが。使用人の人が離れるときにかろうじて俺に聞こえるくらいの小声で「よくお似合いですよ」と言ってくれたがなんだか気恥ずかしい。

俺が照れていると、じっとこちらを見ているフレデリカ嬢に気がついた。

「エイゾウさんは軍隊の経験があるのです？」

目が合ったフレデリカ嬢はそんなことを聞いてくる。

「いや、全く。だから着せて頂いてたんですよ」

「なるほどです。でも、似合ってますです」

「ありがとうございます」

俺は微笑(ほほえ)んで会釈した。さて出発しないとな。

チラッと見ると、マリウスと使用人の人がほのぼのした表情になっていた。まさか、フレデリカ嬢が指揮所にいるのは癒やしのためじゃないだろうな。

指揮所を出て、広場にいる兵士達の後ろに並んだ。俺は後で直接マリウスの指揮下に入るらしい。

俺が並んでそんなに経たないうちに、マリウスが指揮所から出てきた。兵士達が号令で整列し、敬礼する。いわゆる挙手の礼ではなく、胸に拳を当てるような形だ。

　マリウスが手を上げると、全員が手を下ろした。


「諸君、今日こそあの汚らわしい者どもに鉄槌を下し、我々が完全に勝利を収める日である！」

　マリウスはみんなを見回しながら大きな声で言う。

「残念ながら、今回程度の功績では諸君らに褒美を望むだけ与えようとは言えない。我がエイムール家の宝物庫も空き部屋になってしまう。空いたそこに住みたいと言う者がいれば、滞在費が得られるのでそれもありかも知れないが」

　兵士達がどっと笑った。いい傾向だ。ジョークとしての出来はともかく、笑えなくなったときがいよいよ追いつめられたときだからな。

「今日はいつか望みどおりの褒美を得るための第一歩を、諸君らが踏み出すのだと思って奮闘して欲しい。諸君らの最初の一勝として、諸君らの歴史に残ることを私は期待している！」

　ワーッという歓声。これで士気が上がって今日の討伐が成功するといいんだが。


　洞窟へはルロイが先導して大多数の兵士達が先に出ていった。整然と並んで意気軒昂である。足並みもなんとなく揃っていて、突然出くわしたら相当な威圧感があるに違いない。

　護衛対象との合流は、別働隊として俺とマリウス、そして少数の兵士で向かうらしい。特殊作戦、というわけではなくて、単に大勢の兵隊をわざわざ遠回りさせたくないだけだそうだ。

　一万人の兵隊を単に公園から出し入れするだけでも相当な苦労があると言うし、それより遥かに規模が小さくても少しでも指揮する回数は減らしたいに違いない。


「予定地点はこちらです」

　兵士の一人が先導する。この人もエイムール邸で見かけた記憶があるから、使用人の中で武術の心得がある人を近衛として連れてきているんだろう。

　彼（彼女）らを今から護衛する人の護衛に回せば良かったのでは、と一瞬考えたが、マリウスの近衛がいなくなるからダメだな。


　森と言うには木の数が少ないが、林と言うには少し多いくらいの木々の中を進んでいく。材木林としても管理されているのだろうか、ところどころ下のほうの枝が伐採されているのが印象的である。

　時間にすると四半時よりはもう少しかかるくらいの頃、木の数が少し増えたな、と思ったところにエルフの女性が俺達から見て向こうを向いて立っていた。彼女の腰には宝剣らしきものがある。あれを実戦でも使うのだろうか。

　そして彼女をここまで護衛してきたのだろう、何人かのエルフの男性が控えていて、会話を交わしている。

「あの女性の方です」

先導してきた兵士がマリウスと俺に向かって言った。それを聞きつけたのか、エルフの女性が振り返る。

切れ長の目に肩あたりで切りそろえられた白銀色の細い髪、そして長い耳。エルフとしてなら別にどうと言うことのない特徴。だが、俺は相当に驚いた。

――護衛対象のエルフの女性、それはリディさんだったのだ。


「リディさん……？」

驚きのあまり、俺はリディさんの名前を呼んでしまっていた。初対面にしておいたほうが好都合なことが多いのだが、もう遅い。

「エイゾウさん!?」

リディさんも割と大きめの声で俺の名を呼ぶ。切れ長の目が滞在期間中には見たことがないほどまんまるに見開かれていて、その驚きの大きさを示していた。

「二人は知り合いなのか？」

マリウスが興味を隠しもせずに聞いてくる。この聞き方はマリウスの手引きでこうなったわけじゃないいな。ニヤニヤしてないし。

「え、ええ、以前に頼まれて仕事をしまして」

隠す必要もないので、俺は正直に答えた。リディさんはもういつものクールな顔に戻り、黙って頷いている。でもこれ多分ちょっと照れてるな。

「なるほど。朴念仁の顔をして、なかなか隅に置けないと見える」

「そんな、お戯れを」

マリウスが少しニヤニヤしながら言ってくる。明らかに新しいおもちゃを見つけたときの目である。俺は今の立場を崩さないように必死に抑えて返事をするのがやっとだ。

「では、紹介する必要もないと思うが、彼女が護衛対象だ。任務は彼女を洞窟最奥部まで無事に連れて行くことにある」

「承知しました。身命を賭してお守りします」

マリウスと俺はかしこまったやり取りをする。実際は知った仲なので、少々気恥ずかしい。

「エイゾウさんが護衛してくれるなら、心強いです。よろしくお願いしますね」

「ええ、お任せあれ」

気恥ずかしい俺の気持ちを知ってか知らずか、リディさんは花の咲くような笑顔で言うのだった。

護衛とは言え周囲に兵士もいるし、そもそもそんなに凶暴な獣も滅多にはいないらしいので、洞窟に着くまでは割と気楽なものである。それでもいつでも槍を突き出せるよう、最低限の警戒は怠らない。

やがて森が途切れ、草原が広がる。向こうにはさほど高くはなさそうな山が見えているが、おそらくあの麓に洞窟があるのだろう。

少し前を行っていた兵士が、本隊の通過した跡を見つけ、俺達はそこを辿っていく。

人が通った後だから、ほとんどの獣は他所に去った後のようだ。俺達のほうが人数は少ないが、それでも襲いかかってこようと思う獣はそうはいない。

程なくして、ぽっかりと口を開けた洞窟が見え、その前に十人ほどの兵士が集結して洞窟の入り口を警戒していた。他の人達は既に内部に突入しているようだ。


「では我々も内部へ」

残っていた十人のうち、隊長らしい男が俺達に向けてそう言う。俺達は頷いて同意を示した。マリウスとその近衛はここで留守番と言うか、流石に中に入って指揮を執るようなことはない。いざというときには入るんだとは思うが。

一人が入り口のそばで焚いていた焚き火から松明に火を移して、明かりにする。

先遣隊が片付けてくれたのか、小半時ほど進んでもなにかに出くわすようなことはない。

「それにしても深いな」

俺は思わずそう呟いた。

「うむ、かなりある。昨日一度は最奥部まで行ったのだが、障害なく進んだとして、一時間ほどはかかるだろう」

とすると四キロメートル弱ってところか。確かに深い。枝分かれがほとんどなく、正しい道筋のほうに先遣隊が松明を設置してくれているので、迷うことはないのが救いだな。

こういうところで明かりを使って心配なのは酸素だが、長いこと燃えているようだから、空気が出入りするところはあるのだろう。しかし風は感じないので心配は残る。

「深いほうが澱んだ魔力がより溜まりやすくなります。澱んだ魔力が一定を超えると魔物が湧くと言われていますが、詳しいことは分かっていません」

リディさんが解説をしてくれた。逆に言えばこれくらいのところでないと、自然に魔物が出現することはほとんどないのか。

〝黒の森〟は魔力は多いが、魔物が湧くことは滅多にない理由がよく分かる。

だが、言わないということはないものだと思っていたが、サーミャに洞窟の有無は聞いておいたほうがいいかも知れない。ある日突然そこから湧いてこられても困る。

更に少し進むと、くぐもった感じで金属音が聞こえてきた。この状況で聞こえてくるということは戦闘音だろう。反響してるだろうから、遠いのか近いのかは判然としない。

「そう言えば、最奥部まで行ったのに、昨日は片付かなかったのかい？」

急ぎ気味に歩きながら、隊長に聞いてみる。走らないのは走ってたどり着いたところで、万全の状態とは言いがたいからだ。

「ああ。ちょっと強いのがいてな。念の為撤退することにしたのさ」

「なるほど。今日俺達が行くのは？」

「そいつを倒さないと魔物が湧くのが止まらないんだが、新兵達じゃどうしてもな。ここの里の人達が倒し方を知ってるって言うんで、連れてくってのが今だ」

リディさんをモノ扱いしたくはないが、敵の基地を爆破するために必要な爆薬を敵基地奥深くまで運び込む、みたいなものか。そうと決まれば安全に奥まで連れて行くだけだ。

俺達は大きくなりつつある戦闘の音に向かって、ズンズンと足を進めていった。

「親玉かなんかを倒さないといけないってのは、一体どうしてなんだ？」

俺は隊長に聞いた。

「魔物とは澱んだ魔力の塊です」

答えたのは隊長ではなく、リディさんだ。静かだが、はっきりとした声である。

「澱んだ魔力からは魔物が生まれます」

「生き物、ってわけではない？」

「はい。竜や魔族達、あるいは元々命あるものが魔物になった場合はともかく、魔力から生まれた魔物は我々のように生きているわけではありません。魔力から生まれて、ただただ増える。そして命あるものに対して襲いかかるのです」

まるで、前の世界のコンピューターゲームに出てくる敵モンスターのようだ。どういう生活をしているかは分からず、ただ無限に出現し襲いかかる。

「倒したらどうなるんです？」

「身に宿した魔力ごと消えます。命あるものがなった場合は体が残りますが、魔力は消えてしまいます」

前に倒した熊が魔物だったかどうかは分からない、ってことだな。魔力から生まれたものでないのは間違いないが。

魔力はなにかエネルギーのようなものだと思っていたが、どうやらちょっと違うらしい。

少なくとも保存則が利くようなものではない。存在していたのに消えるエネルギーなんて不思議すぎる。

「親玉を倒さないと、その魔力から魔物が生まれる。生まれた魔物の魔力を元に更に魔物が生まれる」

「ええ」

「それじゃあ、放っておくと際限なく増えるじゃないですか」

ねずみ算ならぬ魔物算だ。

「そうですね。普通はほんの少しずつしか湧いてこないのですが、なんらかのきっかけで大量の魔物が湧いてくると、大変なことになります。それが少し前に起きました。ここで」

「えっ」

今サラッとヘビーそうなことを言ったな。気にはなるが深追いはしないでおく。

「それはかろうじて撃退したのですが、少し魔物が残ってしまいました。しばらくは私達で増えないようにだけはしていましたが、全てを倒せずにいるうちに、また同じことが起こりそうだったので討伐隊を派遣してもらったんです」

「なるほど」

エルフは親玉を倒せるが、たどり着くまでの道が作れない。討伐軍はたどり着くまでの道は作れるが、親玉を倒せない。お互いをフォローしあって殲滅しましょう、ということか。


そんなことを話しているうちに、戦闘の音がかなり大きくなってきた。松明の明かりが揺らめくのが見え、剣のものだろう、反射する光がこちらにも飛び込んでくる。

そこが少し広間のようになっているらしい。ここから見える限りでは大混戦だ。

「よし、あんたはエルフのお嬢さんをしっかり守れよ！」

隊長が大声で俺に言ってくる。

「言われなくても合点承知‼」

俺は負けず劣らずデカい声で怒鳴り返し、槍を構えてリディさんを背後にかばう。兵士達が俺達の前に出ていって露払いを始めた。

いよいよ戦闘の真っ只中に突入すると、ここの魔物の姿が松明の明かりの中で見えるようになる。

こう言うとリケに怒られるかも知れないが、ドワーフぐらいの背丈で緑の肌。頭には毛がなく、突き出した鼻にらんらんと黄色に輝く目。細い枯れ枝のようなアンバランスな手足が体から伸びている。

俺の知識の中で一番近いものをあげるならゴブリンだ。

ただ、俺の知っているゴブリンだともう少し文明的と言うか、被服を纏っていたり、ちょっとした武装をしたりしているものだ。

しかし、こいつらは身に何一つ纏っておらず、武器も長く伸びた爪と、乱ぐい歯になった牙で、ほぼ獣同然に見える。

そいつらが兵士に飛びかかったりするものの、大半は防がれて逆襲を食らっている。

斬り捨てられたゴブリンは血しぶきなどは上げず、倒れるとそのまま黒い灰のようになって消えていく。なるほどこれは生き物ではないな……。

時折、飛びかかられて間合いを見誤ったのか、兵士が勢いよく振った剣が空振り、地面の岩に強く叩きつけられたりもしている。

確かにあれは歪むし欠けるな。戻ったら直せるやつはきっちり直してやろう。

前は兵士達が露払いしてくれているので、俺はリディさんを守りながら、背後を重点的に警戒しつつ先へ進む。途中、兵士達の隙間をすり抜けてきたのか、ゴブリンが一匹近づいてきた。

兵士達には当てないように手にした槍を突き出すと、狙い過たずに穂先はゴブリンの体の中心を捉えてスルリと入り込んでいく。

さっき見た実体のなさと、手に伝わる感触が一致しなくて実に気持ちが悪い。特注モデルと同等の性能とは言え、若干は肉に刺さる感触があるからだ。

素早く槍を抜くと、ゴブリンは倒れるより前に消え去っていった。後には何も残らない。


そうして広間を横断するだけで、四匹ほどのゴブリンを屠(ほふ)った。兵士達も怪我(けが)をしている者はいるが概(おおむ)ね無事であり、ゴブリン達はその数をかなり減らしている。

その戦闘を背後に、俺達は洞窟の奥、ボスの待ち構えるところに飛び込んでいった。

「この奥だ！」

隊長が俺とリディさんに声をかける。広間の端に入り口のようなものがある。

「二人ここで守れ！　俺達は中に入る！」

兵士は頷くと、入り口の横に一人ずつサッとついた。露払いをしてくれているときも思ったが、この隊は全体でも練度が高いほうなのだろうか。

まぁ、そうでないとリディさんを連れて行く護衛にはしないか。彼女は決戦兵器でもあるわけだし、道中で失われたら意味がないものな。

入り口に飛び込むようにして入ると、さっきほどではないが、なかなかの広さの空間に出た。俺達の前に兵士達が展開する。

松明に照らされたそこには、多数のゴブリンと、そのゴブリンを遥(はる)かに大きくしたようなゴブリンがいた。

俺も身長が高いほうではないとは言え、俺よりもかなり背が高い。だが、外見はゴブリンを筋肉質にしたくらいなもので、衣服を身に着けていないのも、特に武装もしていないのも普通のゴブリンと変わらない。あれが親玉だな。ホブゴブリンとでも呼ぶか。

「俺達は周りの雑魚を片付けるから、アンタ達は親玉を頼む！」

「おおよ！」

隊長の怒鳴り声に、俺も負けじと怒鳴り返す。いよいよだ。俺は槍の柄をギュッと握りしめた。

隊長達が自分の言葉どおり、ホブゴブリンの周りのゴブリンを蹴散らしていく。隊長は一刀で斬り捨てているが、他の兵士達は少し手間取っている。

ホブゴブリンもボーッとしているわけではなく、兵士にゴブリンと共に襲いかかろうとしていて、自分の相対している敵を片付けた兵士や、俺が援護してかろうじて事なきを得ている。

なるほど、昨日はこれで攻めあぐねて撤退したんだな。今日と違って昨日はまだ数もいただろうし。俺達とホブゴブリンの間にもゴブリンは多数いて、まだホブゴブリンと腰を据えて戦える状況にはない。

それにしてもデカいのにホブゴブリンは動きが素早い。何度かゴブリン越しに攻撃を加えられないかと試したが、多少傷つけられはするものの、その状況ではなかなか致命傷が与えられない。然るべき場所に当たれば、この槍なら相手の皮膚が多少硬かろうとやすやすと貫くが、当たらなければどうしようもない。もどかしいが、道ができたときに素早く接敵できる位置でチャンスを窺おう。

そうやって戦っている間にゴブリンは数を減らし、隊長達がゴブリンを抑え込んで、俺達とホブゴブリンとの間に道ができた。俺とリディさんはホブゴブリンに接近していく。

二対一。数的にはこちらが有利だが、だからと言ってこの槍をブスッと刺してハイ終わりというわけにはいかないだろうな。

ゴブリンとホブゴブリンを引き離すべく、俺はホブゴブリンに向かって槍を突き出す。ホブゴブリンは予想に違わず素早くそれを避けた。それに負けず劣らずの速度で俺は槍を引き戻して再び突く。当たるとは思っていない。ホブゴブリンも距離をとってそれをかわす。

これを繰り返して、俺はホブゴブリンとゴブリンとの距離を稼いでいった。合間合間にホブゴブリンも攻撃をしてくる。

俺を狙う分には最悪多少食らったところで、と思うが、リディさんに目標が向かった場合にはそうはいかないし、こっちに気がついたゴブリンの妨害もあるので必死に防衛しなければならない。

戦闘のチートもつけてくれたのは大正解だったな……。このチートがなかったら人を守りつつ、敵をあしらっていくなんて芸当できそうにない。

俺は心の中であのときの彼女（？）に礼を言っておく。笑うような「どういたしまして」という声が聞こえた気がした。


やがてゴブリン達の邪魔が入らない距離までホブゴブリンを引き離した。そろそろリディさんの出番だな。

「これから何をしたらいいんです？」

ホブゴブリンの攻撃を凌ぎつつ、リディさんに指示を仰ぐ。一応仕留められないかやってみるが、リディさんを気にしながらなのでなかなか難しい。

「エイゾウさんは魔物の動きをなるべく抑えててください。その間に準備をします。合図をしたら伏せてください」

はっきりした声でリディさんが答えた。俺は頷いて了解の意を伝える。だが、倒してしまっても構わんのだろう？　という一言を言いかけて飲み込んだ。よくよく見るとさっき傷つけた箇所の傷がもう塞がっている。これはもしや――。

「魔力で回復するのか！」

俺は思わずそう言った。今度はリディさんが頷く。

「純粋な魔力では回復しないのですが、澱んだ魔力があれば回復します」

兵士がゴブリンを倒すのに手間取っている理由や、昨日大人数で来たにもかかわらずホブゴブリ

ンを仕留められなかった本当の理由はそれか。めちゃくちゃ厄介だな。

　だがボヤいても仕方がない。俺はリディさんの準備が終わるまで、ホブゴブリンの相手をしなければいけない。仕留めるつもりで槍を繰り出すが、素早いし回復するしで、なかなかそれは難しそうである。熊とは違うよなそりゃ。であれば手数を増やして他のことをできないようにするまでだ。

　俺は狙いは二の次にして、とにかく手数だけを重視して槍を突いていく。時折はホブゴブリンの体に当たって傷をつけるが、それもそんなに経たないうちに塞がってしまう。

　ホブゴブリンもやられっぱなしではなく、俺に集中して攻撃してくる。二～三度リディさんを狙ったときに、当たればそれで終わっているような攻撃を俺が加えたからだろう。

　感情があるかは知らないが、さぞかしヒヤッとしたことと思う。少なくとも学習能力はあるらしい。

　槍を突いて多少のスキがあるところを肉薄して蹴りを放ってくる。ゴウという音がするほどに鋭い蹴りで、当たれば少なくとも戦闘を続行できるような状態ではなくなるだろう。俺は体を捻ってそれをかわしつつ、引き戻した槍を繰り出したりもするが、これもかわされた。

　そうやってどれくらい経っただろうか。ずっと命のやり取りをしているので、正確な時間は分からない。少なくとも四半時程は経っているだろう頃おいで、リディさんが叫んだ。

「伏せてください！」

リディさんの声を聞いて、俺は素早く伏せる。伏せると言うよりも、もはや倒れると言ったほうが良いくらいに。

俺の体の上を青白い光が駆け抜けていった。ホブゴブリンはそれを見て飛び退る。だが、光は軌道を変えてホブゴブリンを追いかけ、命中する。

その瞬間、あたりが轟音と光に包まれた。それと同時にかなりの熱が伏せた俺の背中を襲う。

俺や他の兵士はホブゴブリンから少し離れていたし、鎧なんかを着込んでいるので火傷することは免れたが、ホブゴブリンが受けた熱量を考えると相当なもののはずだ。

実際に熱と煙が引いて見てみると、ホブゴブリンが仰向けに倒れていた。これで消えてくれれば倒したことになるが、どうだろう。


俺は素早く体を起こして、槍を構え直す。他の兵士もホブゴブリンの様子を、生唾を飲み込みながら見守る。

緊張の一瞬が過ぎ、そして時間が流れていくに従って、皆の間に「かろうじて生きているから消えていないだけで、これはほぼ仕留めただろう」という空気が流れる。

一人の兵士がとどめを刺そうとホブゴブリンに近づき、手にした剣を振りかぶる。

その瞬間、ホブゴブリンは跳ねるように立ち上がり、吼えた。

「グォオオオオオオッ‼」

ビリビリと空気が揺れる。斃(たお)せてはいなかったのだ。剣を振りかぶった兵士が慌てて剣を振り下ろすが、ホブゴブリンはそれを爪で受け流した。

リディさんの魔法の効果がなかったわけではないだろう。実際に動きは鈍っているように見える。

だが、獣と同じかどうかは分からないが、手負いのほうが厄介かも知れない。

さて、第二ラウンド開始だと思っていたのだが、こちらの気合いに反してホブゴブリンは逃走を図った。

無論、そこをみすみす逃してやる義理は全くない。俺達は追撃しようと逃走するホブゴブリンの後を追いかけようとした。

しかし、そこにいた全てのゴブリンが立ちはだかる。ホブゴブリンさえ守れれば、魔物がまた湧いてくることを理解しているかのようだ。

俺は槍を繰り出し、素早くゴブリンを仕留めていくが、いかんせん数が多い。他の人達はと見てみると、同じようにゴブリンの相手で手一杯だった。

ここが最奥かと思っていたが、隠し通路のようなものでもあるのか、何体かゴブリンを斃したところでホブゴブリンの姿を見失った。

「クソッ！」

俺は大声で吠(ほ)える。槍(やり)を地面に叩きつけたい衝動に駆られるが、そこはグッと堪(こら)えた。

「ダメでしたか……」

そんな俺の後ろでリディさんが呟く。あれに耐えたのは予想外だったらしい。

「とりあえず一旦下がろう！」

「分かった！」

隊長の大声に俺も大声で返す。即座に俺達も撤退を開始し、相当数のゴブリンを屠りながら洞窟から脱出する。

こうして俺達のホブゴブリン討伐は失敗した。

沈鬱な空気が洞窟前を占拠していた。洞窟前に設置された前線指揮所であろう天幕の周りでは怪我をした兵士達が手当を受けている。

俺とリディさんは大きな怪我をしていないのだが、駐屯地まで戻る気になれない。帰って良いとも言われてないしな。そこへ隊長とリディさんが天幕に呼ばれてしまったので、ますます戻りづらくなる。

しばらく手持ち無沙汰な時間が過ぎ、流石に手当の手伝いでもしようかと思っていると、前線指揮所から隊長とリディさんが戻ってきた。

「明日もう一度やってみるそうだ」

「……そうか」

いよいよ後がないが、マリウスは最後のチャンスに賭けることにしたようだ。彼がそう思うのなら、俺はそれを手伝ってやることにしよう。

「それで、今日はこのままここで野営だ。お前さんの修理の仕事も免除だと。明日の朝一番に捜索する」

「分かった」

俺は言葉少なにそう返す。隊長は大きく頷いて、自分の部隊のところへ同じことを伝えに行った。

俺は自分の傍らにいるリディさんに聞いた。

「大丈夫なんですか？」

「ええ、あそこまで傷ついていると魔力で回復するにも多少は時間がかかるでしょう」

「更に奥まで追いかける、ということですね」

「そうなります。発見次第、私達も再度突入することになります」

「分かりました」

俺は大きく頷いた。明日こそは必ず仕留めてやる。そう思いながら。

野営地まで運ばれてきた夕食をとったあと、俺は焚き火（たびび）のそばで、その揺らめく炎を見ていた。

リディさんは前線指揮所のほうで寝るのでここにはいない。あっちにはマリウスのお付きの女性もいる。野営地といえども最低限度の配慮はなされるというわけだ。

そうして、炎を見ながら、明日はどう動くべきかを考えていると、俺に近づいてくる影がある。

見上げてみると、短めの銀髪に蒼の瞳、そして長い耳――リディさんだ。

「隣、良いですか？」

「良いですけど……早く寝なくて良いんですか？」

「ちょっと眠れなくて」

リディさんはそう言ってちろりと舌を出し、俺の隣に腰を下ろした。


俺とリディさんはしばらく並んで炎を眺めていた。パチパチと木の爆ぜる音だけがあたりに響く。

俺はとりあえず世間話をはじめる。

「ここらの森がリディさんの故郷なんですね」

「ええ。里はここからそんなに離れていないところにあります」

「こんな状況で言うのは失礼かも知れませんが、良いところだと思います」

「魔力の量も多いですしね」

「本業のほうにも問題なさそうです。かと言って引っ越すにはちょっと手間がかかりそうですが」

俺がそう言うと、リディさんはクスリと笑った。良かった。まだ笑ってくれるだけの心の余裕がギリギリ残っているらしい。

その後、この森で獲れる鹿の話なんかをした後、リディさんが話し始めた。

「実はこれより前にも魔物が湧いたんです」

「そうなんですか？」

リディさんは頷いた。

「それはなんとか斃したんですが」

「もしかして」

「ええ、あの剣です」

リディさんは再び頷いた。あの剣とは俺が直したミスリルの剣だろう。魔力電池として使えるそうなので、その用途で用いて斃したのだな。

今は前線指揮所のほうに置いてきたのだろう、持ってはいない。

「そう言えば、あのときある手順で魔力を引き出せると言ってましたけど、どうやるんです？」

「命を捧げるんです」

「えっ」

俺は絶句する。あの剣は使われたから砕けて、俺のところに持ち込まれたはずだ。

「命を捧げることで魔力を引き出して使うことができます。そうすれば普通は使えないような強力な魔法も使うことができるようになります」

「と言うことは」

「……私の兄でした。あのときは今回のよりも強力な魔物だったので、村を守るべく、最後の手段で」

「そうだったんですか……」

小さく頷くリディさん。

「普通は一体斃せば次まではかなり間が空くのですが、今回は想像以上に早くて……」

ボソリとリディさんが言葉を続ける。

それで討伐隊にお出まし願うことになったのか。その間、なんとか食い止めて討伐隊の到着を待っていた、と考えるとなかなか壮絶な戦いであったことが容易に想像できる。

「剣、使わないでくださいね」

俺は思わずそう口に出していた。リディさんから返事はない。

「リディさんのお兄さんはご自身の命をもって村を守った。それはとても立派なことだと思います。少なくとも私には真似できません」

俺は天を仰ぐ。

「そんな私がおこがましいとは思いますが、リディさんにはそうして欲しくないんです」

きっと彼女の中にも色々な思いがあることだろう。知り合って間もない俺が言えるようなことではないのは分かっている。それでも、それを抑えてもらうには、俺にも覚悟が必要だ。

「私が必ず斃しますから」

俺はそう言い切った。再び焚き火の爆ぜる音が響く。

そして、少しの時間が流れた後、か細い、少し震えた声が聞こえた。

「お願いします」

◇◇◇

朝目覚めると、朝食が届いていた。多分おやっさん達が運んできてくれたのだろう。

俺の出番は再びホブゴブリンを見つけてからになる。なので、多少ゆっくりと飯が食える。

そうは言っても、いつ見つかるかは分からないので、リディさんや隊長を含めたベテラン兵士達と前線指揮所近くで待機しながらの食事になる。

「エイゾウさん、おはようございます」

「お、おはようございます」

リディさんに声をかけられた俺だったが、昨日半分勢いで言ってしまったことが気恥ずかしくて、少し応対がぎこちなくなってしまった。

「と、とりあえず、朝ご飯でも食べましょうか、リディさん」

「え、ええ……」

隊長達になんとなく温かい目で見守られている感じを受けながら、部隊の人が持ってきてくれた朝飯を頬張る。

その間、何人もの兵士達が、今日こそ決着をつけようと洞窟に入っていった。

「見つけたぞ」という声を聞いたのは、太陽が中天に昇るよりも少し前のことだった。

前線指揮所の近くで待機していた俺達に緊張が走る。俺達は互いに頷きあうと、武器を手に洞窟に入る。

洞窟の中は昨日とあまり変わらない状況だった。昨日よりもゴブリン達が少ないように思えるが、昨日から回復していないからなのか、今日頑張って減らしてくれたからなのかは分からない。

いくつもの戦いの脇を通り抜け、俺達は昨日ホブゴブリンを逃がしたところまでやってきた。

「こっちだ！」

そこでは一人の兵士が手招きしてくれていて、俺達は駆け寄る。見ると岩の陰に隠れて見えにくくなっている通路があった。昨日はここから奥へ逃げたのだろう。

「待ってろよ」

その通路に入りながら、俺は無意識にそう呟(つぶや)いた。

狭い通路を進むと、やがて戦闘の音が聞こえてくる。昨日も聞いた咆哮(ほうこう)がその合間に響いてきた。

ヤツがいる。

「すまんが頼んだぞ！」

全員で一斉に部屋へ飛び込むと、隊長が叫んだ。

「任せろ！」

俺は負けず劣らずの大声で返す。そのとき、俺の目がホブゴブリンを捉えた。ここで会ったが百年目、だ。今日こそは決着をつけてやる。

皆がゴブリンを抑えてくれている間に、俺とリディさんがホブゴブリンに接敵すると、ホブゴブリンはリディさんを狙う。あの魔法を警戒してのことだろう。

しかし、それをするとスキができる。

俺がそれを見逃してやる義理もないので、槍を突き出す。ホブゴブリンも予想はしていたのか、あっさりとリディさんへの攻撃を放棄して避けた。

そこに追いすがって何度か槍で突いていくが、ホブゴブリンはかわしていく。

だが、昨日に同じことがあったときよりも、俺の攻撃が当たっているし、傷の治りも昨日より目に見えて遅い。

これならいける。俺はそう確信した。いや、してしまった。そして、それでできたスキをホブゴブリンは逃さなかった。

鋭い蹴りが俺の腹を襲う。

「グッ」

内臓が全て外に出るような感覚がして、俺は吹っ飛ばされた。

だが、呑気に転がってもいられない。俺はすぐさま体を起こすと、ホブゴブリンに槍を突き出す。

ホブゴブリンが俺から間合いを取る。互い一瞬の静止。

腹は痛むが、内臓が破裂していたり、肋（あばら）がやられていたりしてないことをその一瞬で把握する。俺は頑丈にしてくれたことを〝ウォッチドッグ〟に感謝した。


その一瞬が過ぎ去り、再び俺とホブゴブリンは攻撃の応酬をはじめる。

気が緩めば次は致命傷になる一撃をお互いに繰り出し、防ぎ、次の一撃を繰り出す。そうして小さな怪我（けが）を重ねつつ、俺は機会を待った。

槍の柄の後ろ半分を片手で持ち、もう片方の手は石突き（今回はつけてないが要は端だ）を持つ変則的な構えをする。

どちらの攻撃も今は致命傷にはなっていない。だが、俺に少しずつだがホブゴブリンの攻撃が当たりはじめた。あちこちに打ち身や切り傷が増えていく。あの爪に毒がなくて幸いだ。


そして、待っていたチャンスが訪れた。俺が攻撃する素振りを見せると、ホブゴブリンはかわそうとする。

俺は全力をこめて槍を突き出し、ホブゴブリンは真後ろへ跳ぶ。この瞬間を待っていた。

俺は突ききる直前で片手を槍の柄から離し、石突きのほうの手で槍を押し出す。強化されている筋力で十分な速度がのった槍は、ちゃんとした槍投げの構えで投げるときと比べれば遥（はる）かに弱々しくはあるが、ほんの僅か空中を疾走（はし）った。

「ギャッ⁉」

狙いが定まるようなものではないので、狙っていた胸の中心には当たらなかったが、ホブゴブリンの腹部あたりに槍が突き刺さる。流石に跳んだのと同じ方向に槍が飛んできては避けようがない。

ホブゴブリンがたたらを踏む。俺はそのときには既にショートソードを抜いてホブゴブリンの懐に飛び込んでいた。

ホブゴブリンはなんとか体勢を立て直そうとするが、俺は腹部から生えている槍の柄を押し込んでそれをさせない。再びスキができる。俺がショートソードを胸に突き入れると、

「グギャッ！」

と苦鳴を上げて横に倒れた。これで勝負あったな。

俺はすかさずショートソードを今度は倒れたホブゴブリンの首に振り下ろし、首は胴体と離れ離れになって、やがてどちらも消滅した。


それを見届けて、俺は糸が切れた操り人形のようにくずおれる。流石に体力の限界だ。視界の端に涙目で駆け寄ってくるリディさんが見える。

「大丈夫ですか⁉」

俺のそばで顔を覗き込むようにかがみ込んでリディさんが聞いてくる。相変わらず綺麗な目をしてるな。

「だ、大丈夫です。腹はちょっと痛いですが、致命的なものではありません。約束、守りましたよ」

俺が息も絶え絶えにそう言うと、リディさんはギュッと俺を抱きしめた。


ホブゴブリンは澱（よど）んだ魔力の塊で、周囲のゴブリン達にも影響を与えていた。

それが無くなったらどうなるかと言うと、俺達を護衛してくれていた部隊の人達があっさりとゴブリン達を始末しはじめた状況からも明らかだ。

俺も手伝ったほうがいいのかも知れないが、言われた任務ではないし、さっきまでの戦闘で腹を含めた打ち身、擦り傷、切り傷等々に加え、体力ゲージも空っぽだ。

かろうじて体を起こせるくらいで、俺は持ってきていた水筒から水を飲んで体を休めるほうを優先させる。もしヤバそうな人がいたら助太刀に入ろう。

念（ねん）の為（ため）、リディさんにはそばにいてもらっているが、ここが制圧されるのも時間の問題だな。

魔物達は発生源かつ強化される元が消えたのだから、補給の一切が失われた軍隊と変わらない。

そんな軍隊がどうなるかは火を見るより明らかというものだ。

「終わりましたね」

「ええ」

「これでしばらくは大丈夫、ってことですかね」

「ええ。ほぼ間違いなく。さすがに三回も連続して発生するほど、この森の魔力は濃くはないですから。そもそも二回連続することが異常ですし」

なるほど。それなら一安心ではあるのか。気がつけば周囲からは戦闘の音がほぼ消えている。隊長達がゴブリンを殲滅したのだ。

「それじゃ向こうと合流しましょうか」

「はい」

リディさんのいつもの冷静な声が、少し憂いを帯びていることに俺は気がつかないまま、隊長達の元へ二人で向かっていった。


「アンタ大したもんだな！　さすがエルフの嬢ちゃんの護衛を任されるだけあるぜ！」

隊長が俺の肩をバンバン叩きながら言う。怪我の有無を抜きにしても痛いって。姿はズタボロだが、勝利した興奮からかやたらに元気だ。

「俺はただの鍛冶屋なんだけどねぇ」

「そこらの鍛冶屋があんなに上手く槍を扱えるもんかい」

そりゃそうだ。俺は苦笑する。

「まぁ、色々あってな。あんまり吹聴はしないでくれよ」

「分かってるよ！　それじゃ戻るか！」

「ああ」

隊長を先頭に、最奥部から出ていく。リディさんは俺のすぐ後ろだ。どこかに一匹残ってて襲いかかられたりしたら目も当てられないからな。

最奥部から出ていくと、広間でもちょうど最後のゴブリンが倒されつつあった。さっき見かけなかったルロイの姿もある。脇道にでもいたのかな。

ルロイはこっちをチラッと見ると、そっと頷く。俺も軽く頷いてささやかに互いの健闘を讃えあう。手が空いた兵士達数人が、無事俺達が出てきたのを見て歓声を上げると、それは広間中に広がった。


俺達は歓声の中、そのまま広間を突っ切り、来た道を戻って洞窟の外に出る。先に一人報告に走らせたのだろう、そこにはマリウスが満面の笑みで俺達の帰りを待っていた。

そばにはフレデリカ嬢もいて、俺が出てきたのを見てホッとした顔になった後、リディさんを見てむくれたような顔をする。

隊長達はマリウスの前に整列して跪く。俺とリディさんもそれに従って隊長達の後ろで跪いた。

「エイゾウ殿、リディ殿の助力もあり、魔物の親玉を無事討ち取ってまいりました。残りは今ルロイ様が掃討しております。ですがもはや時間の問題かと」

隊長が正式に報告を述べる。フレデリカ嬢はそれを書き留めているようだった。

「うむ。よくやってくれた」

マリウスは鷹揚に頷くと、全員に起立を促す。

「とりあえず、皆が戻ってくるまで、体を休めていてくれ」

「はっ。かしこまりました」

隊長達は敬礼をして、洞窟の前の広場のほうに向かっていく。俺とリディさんもそちらに向かおうとすると、マリウスに呼び止められた。

「ああ、諸君らはこちらへ」

と、前線指揮所へ案内される。俺とリディさんは顔を見合わせると、マリウスの後をついていった。


「ついてきてもらったのは他でもない、褒賞の話だ」

天幕に入って他の目が無くなると、マリウスはそう切り出した。マリウスの近衛――つまり使用人の人は何人かいるが、ここにはフレデリカ嬢もいない。

「〝エイゾウ〟には鍛冶以外の仕事もさせてしまったからな」

マリウスはそう続ける。俺を「エイゾウ殿」ではなく、「エイゾウ」と呼んだということは、俺もそうしていいということか。

「なに、そもそも呼ばれた時点である程度は槍働きも覚悟してたよ。親玉を倒したのは俺じゃなくて、他の誰かになるってことも」

それならばと、俺もいつもの口調で話す。リディさんがびっくりしてるな。口調にか話した内容にかは分からないが。どっちもか。

さっき隊長は俺が仕留めたとは言わずに、俺とリディさんの助力もあって仕留められたと言った。

記録的には俺とリディさんは協力したまでで、仕留めたのは他の誰かという話でも別におかしくはない。

「察しが良くて助かるよ」

マリウスは少し困ったような、悲しいような顔をして言う。本当は俺が倒したことにできたらいいのだが、そうできないことをすまないとは思っているのだろう。

「気にするな。俺にはその気持ちだけで十分だよ」

俺は本心からそう言った。

「ありがとう。まぁ、そんなわけでこの件に関する褒賞の話を、あのお嬢さんのいる前でするわけにいかなくてね」

「そんなこったろうと思った」

フレデリカ嬢の前で話をすると、それが記録として残りかねないからな。彼女はあくまで国から派遣されたお役人であって、エイムール家の家臣ではない。エイムール家の不利になるかどうかは、彼女からすればどっちでもいいのだ。

「で、リディさんまでついてこさせた理由はなんだ？」

単に俺に対する扱いの話なら俺にだけ話をすれば済むわけで、わざわざこんな裏側を見せる必要はないはずだ。

「そこはちょっと彼女から依頼された、もう一つの依頼に関わってくるんでね。それと怪我の手当をさせよう」

マリウスはウィンクしながら言う。カミロや俺みたいなオッさんと違って、イケメンがやると似合うもんだなぁ。俺はマリウスの近衛の人に手当を受けながら、そんな益体もないことを考えるのだった。

マリウスは話を続ける。

「ある程度話を聞いているかも知れないが、俺達討伐隊が派遣されてここに来るよりも前に、大量発生は起きていて、既に被害は出ていた。もちろん、エルフの里だ」

昨日の夜にリディさんがしてくれた話だな。俺は怪我の手当を受けながらチラッとリディさんのほうを窺うが、特に表情に変化はない。

「そのときにはなんとか食い止めることができたようなんだが、被害があまりに大きくてな……」

マリウスは一度そこで言葉を切った。詳細を知ってるだろうから、何か胸に去来するものがあったのかも知れない。

「里の人数が激減してしまって、このままでは立て直しも無理だ。そこで、このエルフの里は放棄され、里の人達は他の里などに移動することになった」

「そこの洞窟は？」

「国が管理することになる。里も朽ちるに任せると野盗なんかが住み着きかねないから、そっちに軍を駐屯させて、洞窟と今俺達が駐屯している広場は主に新兵用の演習場として使われる」

「……ああ、無限に実戦の相手が生まれてくる演習場、ってことか」

「そのとおり」

どれくらいの頻度で湧いてくるのかは知らないが、エルフ達だとどうしても普段の生活もあるだろうから、そんなには洞窟に行くこともできない。であれば、気がついたらわんさか湧いてた、ということもあっただろう。

その点、軍の訓練ということなら二日に一回ほど潜ったりできるだろうし、そうして中を掃討すれば、滅多なことでは強力な魔物が湧いてくることはなさそうだ。

今までそうしてこなかった理由は気になるが、里に気を使っていたとかなんだろう。


「それで、俺にリディさんから頼みたいことってのはなんだ」

「率直に言えば、リディ殿をお前の家に住まわせて欲しいんだよ」

「は？」

俺は間抜けな声を上げる。いや、エルフ達は他の里に移るんじゃなかったのか？

「この里の人達は他に移ってしまう。そうすると、エルフの人々の知識を借りたいときにより時間がかかることになる」

「ここが一番、都に近い里だったのか」

「そうだ。なので、一人は近いところに残しておきたい。それなら都に住んでもらうのが一番だが、エルフの人達はそうはいかないらしいじゃないか？」

「はい」

リディさんが頷く。エルフは魔力の補充がいるからな。都みたいに魔力が希薄なところだと、数日の滞在はともかく住み続けるのは厳しいだろう。

厳密には数日に一回、〝黒の森〟まで来て補充すればいいのかも知れないが、効率は良くないな。

マリウスは話を続ける。

「それができるならそもそも都に住んでるだろうしな……で、聞いてみれば都から一番近い場所だと〝黒の森〟、つまり、お前の家が一番都合が良いって話でな。彼女からの依頼ってのはそれだ」

再びリディさんがコクリと頷く。条件に合致するところとなると確かにうちがベストではある。

「リディさんは良いんですか？」

「エイゾウさんのご迷惑でなければ」

「迷惑ということはないです。ただ、里の人達と離れることになりますよ」

「ええ。分かっています」

リディさんは真剣な目で俺を見つめる。エルフなので年齢は分からないが、子供ではないのだろうし、本人がいいと言うならよしとするしかなさそうだな……。


「分かった。引き受けよう」

「ありがとうございます」

「俺からも礼を言う」

リディさんとマリウスが礼を言ってくる。

「それには及ばないよ」

俺は手を振って応えた。リディさんが来てくれることは、うちにもメリットがある。多分「借りたいエルフの知識」ってのは魔力周りだし、それは今のうちにはないものだからな。

それで魔力周りの現象については全く無知のままで過ごしてきたのだし。

リケも魔力を応用した鍛冶ができるし、Ｗｉｎ－Ｗｉｎというやつだ。

こうして、「追加の依頼」の話は終わった。マリウスは準備金をなにがしかの名目で用立てると言ってくれたのだが、それは断った。

うちに住んでもらう以上は家族でありたい。準備金が用意される家族なんて、俺は一つの事例しか知らないからな。俺にそのつもりはないのだから、受け取るわけにはいかない。

「鍛冶の仕事した分はしっかり貰うからな」とはちゃんと言っておいたが。

マリウス達と話し終えて天幕をみんなで出ると、討伐隊の他の面々も洞窟の外に出てきていた。

「うちに帰るまでが遠征」かどうかはともかく、今回のメインミッションについてはこれで完了である。

俺達が天幕から出てきたのを見て、

リディさんはそそくさと列から遠ざかった。

「集合！」

とルロイが号令をかけた。怪我をした兵士と、その手当をしている者以外がずらりと並ぶ。俺とリディさんはそそくさと列から遠ざかった。

「諸君、今回は大変にご苦労だった。諸君らの働きのおかげで無事にこの地に巣くう魔物どもを一掃することができた」

居並ぶ兵士達にマリウスが演説し、それをフレデリカ嬢が書き留めている。国からのお目付役でもあるのだろう。

彼女にその認識があるかは甚だ怪しいところだが。

「出発前に話したとおり、諸君らに思いのままの報奨を与えることはできないが、今回の経験で得たものは多いと私は信じている」

前の世界だと「やりがい搾取」と言われかねないが、今回のこれはお互いそれで納得せざるを得ないだろうな。実際に、実戦を経たことがあるかどうか、というのは大きいと思うし。

「今回は幸いにも命を落とす者はいなかった。だが、己の身を捧げて重傷を負った者はいる。彼らの献身と勇気を拍手で讃えてくれ！」

ワッと拍手が巻き起こる。俺とリディさんも拍手をした。

「さあ、それでは帰還しよう。凱旋だ！」

再び拍手と歓声が巻き起こり、それはいつまでも続くかのように思われたのだった。

喜びの快哉を叫んだ後、兵士達は駐屯地へ戻る。リディさんはエルフ達と一緒に一旦里へ戻り、明日改めて駐屯地へ来て一緒に帰ることになった。


駐屯地に戻ってくると、サンドロのおやっさん達が食事を用意して待っていた。そう言えば、昼なんかとっくに過ぎている。

「みんなお疲れさん！　さあ、しっかり食ってくれや！」

おやっさんが兵士達の喧騒に負けない大声で叫ぶと、緊張が解けて急に空腹を意識した兵士達が簡易食堂に走って向かっていく。

「そんなに慌てても飯の量は変わんねぇぞ！」

おやっさんがそう言って、場は残った兵士達の笑いに包まれた。


俺はちょっと先にやっておきたいことがあるので、出張所に向かう。そこに護衛してくれた部隊の隊長が「おいアンタ！」と声をかけてきた。

「今日は本当に助かった。それと……すまないな」

隊長は眉根を寄せている。隊長はホブゴブリンを倒したのが俺だということを知っているから、その手柄が俺に来ないのを気に病んでいるんだろう。

「なに、一介の鍛冶屋のオッさんがそんな名誉を貰っても嬉しくはないから、別にかまわんのさ。金にならんしな」

俺は笑いながら右手を差し出した。隊長は困ったようなはにかんだような顔でその手をグッと握りしめてくる。今までの経験が窺える、ゴツゴツとした手で。

戦いでの栄誉はチートでまかなっている俺なんかより、こういう人が貰ったほうが良い。俺は改めてそう思った。

出張所に戻ると懐の女神像を棚に置いて、今回の無事のお礼を言っておく。

槍のほうも予想外に世話になったので名残惜しいが、心の中で礼を言った上で柄を外して穂先だけにした。こいつは家に帰ったら、もう一度柄と石突きをつけてやろう。

俺は指揮所に向かう。先にこっちに来たほうが効率は良かったのだが、その前に女神像を棚に戻しておきたかったのだ。指揮所に入ると、喜びと興奮と、そして明日の撤収のための準備でなかなかに騒がしい。

俺はぐるりと見回して、机にかじりついているフレデリカ嬢を見つけた。ちまちま物書きをしている。彼女はこれからしばらくは忙しいはずだ。一番休めるのは帰還中の馬車の中かも知れない。

心苦しいが、これも仕事なので俺は話しかける。

「フレデリカさん、ちょっと良いですか？」

「あ、エイゾウさん。はいです。ちょっとだけお待ちくださいです」

フレデリカ嬢は帳面への書き付けを終えると、こちらに向き直った。途中で別の話をすると、元の仕事に戻ったときに何してたっけ、ってなるよな。

「なんでしょう?」

「昨日今日の分の、修理の有無を確認したいのと、鍛冶場の資材やらを片付ける人手がちょっと欲しいんです」

「ああ、なるほどです」

フレデリカ嬢は机の上の書類をバサバサとめくって、一枚を眺めながら言った。

「ええと、もう修理はないです。壊れた武具はいくらかあるんですけど、帰りは予備でまかなって、戻ってからまとめて修理に出すので間に合いそうなのです。エイゾウさんには申し訳ないですけど」

ここで直すと俺に払う金がかかるからな。俺から見れば、その分儲けられたのが無くなるってことではある。

「いいえ、お気になさらず。今日はもうヘトヘトなんで、むしろありがたいくらいですよ」

これは謙遜やら遠慮ではなく、偽らざる心境だ。一応普通に行動はできているが、流石に戦闘までこなして、さあ修理だ! と言えるほどの元気はない。

「ありがとうございますです。撤去に使う人員は後で向かわせますので、その者達にお任せくださいです」

「分かりました、ありがとうございます。フレデリカさんも根を詰めすぎないように頑張ってください」

「はいです」

フレデリカ嬢はこっちがホッとするような笑顔で笑いながら言った。その朗らかな笑顔に見送られて、俺は指揮所を出る。修理がないなら後は片付けるだけだな。

出張所に再び戻って、火床の炭やらレンガを片付けたり、樽の水を捨てたり、ふいごを移動できるようにしたりとバタバタ作業をしていると、兵士が四人来たので、持っていけるものは先に持っていってもらうことにした。

「戻ってからも力仕事させちゃって悪いね」

「いえいえ。これも仕事ですから」

まだまだ若い感じの兵士達は二人一組で出張所の中の物を運び出していく。その間に俺は棚の女神像やらをしまいこんで、張っていた布をたたみ、出張所は姿を消した。

短い間だったが、自分の作業場が無くなると少し物悲しさがある。ところどころに残った道具の設置跡が、廃工場を見たときのような物悲しさを余計に掻き立てている。

「世話になった。ありがとうな」

その跡にそっと手を置き、礼を言って、俺は出張所を後にした。

自分の天幕に戻る途中、馬車と騎兵が数騎出ていくのが見えた。おそらく今回の先触れとして、先んじて帰還するのだろう。

その日の夜はそこかしこで盛り上がる姿が見られた。篝火のそばで踊る者、歌う者など様々だ。

酒は持ってきてないようなので、この盛り上がりようでありながらも全員素面だが、それでも勝利の喜びは人を酔わせるのに十分なのだろう。

俺はそんな様子を眺めながら、おやっさんやマティス達補給部隊と一緒に夕食をとっている。時間が遅いので、今日の分の書類をやっつけたフレデリカ嬢も一緒に食べていた。

なんでかは分からんが俺の隣に座っていて、懐いた子犬さながらである。ディアナに見せたら、俺の肩を連打しつつ連れて帰るって言いそうだな。

話は自然と今日の勝利についてになり、ついていった俺は主におやっさんと若い衆に色々聞かれたりした。もちろん、最後誰がホブゴブリンを倒したのかについてはぼかしておいたが。

「それじゃあ、エイゾウは大した儲けにゃなんねぇなぁ」

おやっさんがそう言う。

「そうでもないよ」

「そうか？　まぁ、エイゾウが納得してんなら良いけどよぅ」

「ありがとな、おやっさん」

「おう」

おやっさんが珍しく照れている。若い衆二人が茶化して怒鳴られ、俺達は大いに笑うのだった。

◇　◇　◇

翌朝、支度を終えた俺が馬車のほうへ向かおうとすると、そこにリディさんが待っていた。

「リディさん、おはようございます」

「おはようございます」

俺が挨拶をすると、ふわっとした声で返事をする。荷物を持ってあげようかと見てみると、背負い袋一つっきりで他には何も持っていない。

「あれ、随分荷物が少ないんですね」

「ええ。元々私達はそんなに物を持たないですし」

そうなのか。寿命が長いと物に対する執着が減るとかあったりするのだろうか。手持ち無沙汰になってしまった。

「あ、そう言えば」

リディさんが少し慌てた感じの声を出す。

「例の件、あれは他の里に移った者がやってくれることになりましたので、心配はいりませんよ」

そう俺に言ってくるのだが、はて、例の件とはなんだろう。……ああ。

「作物の種の話ですね」

「ええ。カミロさんのところに届けてくれる手はずになっています」

「状況が状況ですし、別に気にしなくて良かったんですけどね」

「いえ、そんな真似はできません」

最初にうちに来たときには、もう里を放棄することが半分確定していたのだろうから、あの要求を呑んだのもその辺りを考慮の上、ってことか。

何事もなければリディさんがうちに来るのではなくて、遠くに行ってもリディさんがカミロのところへ種を届けに行く予定だったのかも知れないが。それを考えるとあの条件はちょっと失敗だったかも知れない。

今後似たような条件を出すときは居住区域が街からどれくらいのところなのかは聞いておこう……。


俺とリディさんの次にマティス、その次はフレデリカ嬢が来て、最後に調理場の片付けがあったおやっさん達がバタバタとやってきて馬車に乗り込む。

フレデリカ嬢は乗り込むなり、渡してあったクッションをお尻の下に敷いた。まだ持ってたのね、それ。

「いやぁ、エルフってのは別嬪さんだなぁ」

おやっさんがストレートに感想を述べた。前の世界だとセクハラと言われかねない内容なので、俺は内心ヒヤヒヤする。

「なるほど、こんな別嬪の嫁さんだったら、貰える金は少なくても大儲けだな！」

ガハハと笑いながらおやっさんが言う。その瞬間にフレデリカ嬢がギギギと壊れたブリキ人形みたいに首を回して、こっちをじーっと見たのが分かった。ちょっと怖いから勘弁して欲しい。

「いや、嫁とかそんなんじゃないよ。わけありで隠遁（いんとん）生活しているようなオッさんと添い遂げるとか、かわいそうだろ？」

俺はしかめっ面で否定する。大きな影響を及ぼすことはないと聞いていても、俺はこの世界ではイレギュラーであることに変わりない。そんな俺が所帯を持つ、というのはまだちょっと考えられないな。

こんな理由を言ったところで、誰も理解できないから言えないのが辛いところだ。

俺がそう言うと、フレデリカ嬢が視線を外すと同時に、今度はリディさんがじっとこっちを見はじめた。今日はなんなんだ一体……。


この話以外には特に俺がヒヤヒヤするような話題も出なかった。

「エルフの里が被害を受けたらしい」「それに伴ってリディさんが引っ越しして、それは別に結婚とかではない」という二点を考えたら、何があったか多少は想像がつく。そんな地雷原に突っ込んでいくやつもそうそういない。

こうして帰還の三日間、時折おやっさんがデリカシーのなさを発揮することはあれど、特に気まずすぎる雰囲気が場を支配することもなく、馬車は無事に都へと向かっていった。

◇　◇　◇

洞窟の駐屯地を出てから三日目。今日はいよいよ都に戻る日だ。朝は皆いつもどおりだったが、途中の水場で休憩するときには頭を洗ったり（もちろん水で流すだけなのだが）顔や体を濡らした布で拭ったりと、できる範囲で身ぎれいにしている兵士の姿が多かった。

休息が終わって再び隊列が進み出すと、やがて、都の向こうにそびえる山脈が見えてくる。あれが見えてきたらもう都までは大した距離はない。

それを見て、逸る気持ちが馬達にも伝わっているのか、速度がやや速くなっている。風を切って走るような速度ではないから酔うようなことはないが、この調子だと日が沈むよりかなり前に都に到着しそうだ。

あれこれしていたら今日中には家に帰れそうにないのは変わらないので、俺とリディさんにはあんまりメリットはないが、兵士やおやっさん達にはありがたいことだろう。

そして、都の外壁が見えてくる。いよいよだ。隊列は妙な静寂に包まれ、馬の蹄と馬車の車輪が回る音だけがやけに響いて聞こえる。その緊張と静寂は壁の門に近づいたときに破られた。

「討伐隊が帰ってきたぞ！」

門の上で見張りをしている兵士が叫ぶ。街に入ろうと列をなしていた様々な人達が一斉にこちらを振り返り、やがて拍手と喝采を送る声が辺りに満ちていく。

俺達の隊列はその中を今度はゆっくりと進んでいき、優先して門をくぐっていく。それに対して不満を言う者は俺が見た限りではいない。皆が積極的に道を空けて通してくれている。

喝采は隊列よりも早く都の中にも広がっていき、通りを行く間、俺達はずっとそれを聞き続けることになった。

帰ってきてすぐにこの歓迎っぷりは先に戻った隊のおかげだろう。先に俺達が勝利して戻ってきたことを喧伝（けんでん）してくれていればこそだ。

その喝采は都の内壁の門をくぐっても続き、やがて最初に駐屯していた広場にたどり着くまで止まないのだった。

広場にたどり着いて、兵士達が整列する。先に戻っていた隊の連中も一緒だ。俺達補給部隊はその後ろに並ぶ。

内壁の内側は貴族が多く居を構えていることもあり、高級住宅街的な要素もあるのだが、着衣から判断してお使い中の使用人をはじめ、貴族と思われる男女も見物に来ているようで、なかなかに騒がしい。

物珍しさでキョロキョロしていると、数人と目が合う。最初は俺を見ているのかと思ったが、隣に立っているリディさん——つまり、エルフが珍しくて見ているのだとすぐに気がついた。ただし一人を除いて。

侯爵閣下は意外と暇なのだろうか。誤魔化しが利かないくらいに目が合ったので会釈だけしておくと、ニヤッと笑って頷いた。悪いオッさんじゃないんだよな。

キョロキョロを続けていると、反対隣のフレデリカ嬢に服の裾をクイクイと引っ張られたので、俺はキョロキョロするのを止めた。

踏み台（馬車に乗り降りするときに使うものをそのまま持ってきている）が用意され、そこにマリウスが上がる。ざわついていた場が水を打ったように静まり返る。

「諸君、今回の遠征は誠にご苦労であった。我々が向かう以前に、エルフの里に多大なる被害が出ていたことを常に残念に思う。犠牲者に黙祷を捧げたい」

俺達は皆目を閉じて、リディさんのお兄さんを含めた里の犠牲者に黙祷を捧げる。静かなので、見物人達も黙祷してくれているようだ。

「しかし、諸君らの尽力で敵を討つことができた。これは誇って良いことであると私は信じている。これからも我がエイムール家の出陣の際には、諸君らの力を是非借りたい。最後に繰り返しになるが、今回の遠征、ご苦労だった！」

兵士達が剣を抜いて捧げ剣の敬礼をする。後ろからでも割と壮観だ。俺達は文民なので、軽く頭を下げるだけにしておいた。無礼にはなるまい。

再び周囲がワァッと沸き立つ。これでマリウス、つまりエイムール家の出征が成功したことが上流階級にも知れ渡ったわけだ。こういうセレモニーで成功を喧伝しておくことで、将来色々有利なんだろうな。


「それじゃあまたな！　絶対店には来てくれよ！」

「ああ、うちの家族と寄らせてもらうよ」

おやっさん、マーティンとボリスの三人と手を振って別れる。一週間ちょいとは言え、できた知り合いと別れるのは少し寂しいものだな。

「エイゾウさん、お世話になりましたです。仕事が早くて助かりましたです。あと、クッションも」

フレデリカ嬢の荷物が膨らんでると思ったら、あの簡易クッションを失敬してきたようだ。

そんなに気に入ってもらえるなら、もうちょいちゃんと作ればよかったな。

「フレデリカさんは今から大変だと思いますが、食事と睡眠はしっかり取らないとダメですよ。美しいレディの嗜(たしな)みです」

「はいです。分かりましたです」

フレデリカ嬢は愛くるしい笑顔で笑いながら言う。俺は思わずくしくしと頭を撫(な)でてしまったが、フレデリカ嬢に嫌がる様子がないのでしばらく撫でた後、握手をして別れた。

デルモットやマティス達はこの場の後片付けがある。邪魔になるのも忍びないので、軽い挨拶にとどめておいた。

デルモットはともかく、マティスはエイムール家の人間だし、会うこともそれなりにあるだろう。

他の兵士達も片付けをしはじめていて、見物人もいなくなった。侯爵閣下もいつの間にか姿を消している。

そんなバタバタとした別れの余韻を感じていると、マリウスの近衛、つまりはエイムール家の使用人が呼びに来た。

「エイゾウ様、ご主人様が家までお連れするようにと」

「分かりました。ありがとうございます」

さて、俺ももう一仕事だな。そんなことを思いながら、俺はリディさんと一緒に使用人の後をついていった。


使用人の女性に従って、内街の道を行く。それなりに喧騒はあるが、内壁の外と比べると段違いに静かである。今はエルフのリディさんがいるから、あまり注目を集めなくて済むのはありがたい。

いつもは馬車に乗っているのでゆっくり見る暇がないが、こうやって低い視線で見てみると、なかなかに楽しいな。

基本的には石造りの家が多くて、馬車の通れない道は結構入り組んでいる上に壁が高い。これは日本の城下町が迷いやすいようになってるところがある、とかと同じ話だろうか。

気になって使用人に聞いてみると、

「まぁ、そういう目的がないでもないですが、真実はもっと単純です」

という答えが返ってきた。

「と、言うと？」

「今は外壁ができましたが、大昔はこの辺りは町の端っこだったんですよ。なので、皆が適当に建物を建てた結果、こうやって道が複雑になったわけです」

「なるほど。守りには都合がいいから、建物を綺麗にするときも区割りはそのままにしたってことですか」

「ええ。その頃には皆それなりの地位になっていて、今更土地を取り上げるのが厳しかったのもあったらしいですけど」

なかなかに現実的な話である。翻って言えばここは大きな戦禍によって、焼け野原になってしまったことはないということだ。そうなったら取り上げるも何もない。ちゃんとした地籍図なんてないだろうし、ここぞとばかりに区画整理が始まるだけだろう。

ともあれ、そんな曲がりくねった道を行くと、使用人が「こちらです」と、道の脇にある金属製の扉を開けた。おそらく勝手口と思われる。俺とリディさんは扉をくぐった。

はたしてそこは勝手口であった。入るとこぢんまりとした部屋になっている。テーブルが置いてあるがやけに天板が分厚いし、窓は窓というより矢狭間のように見える。

窓のフチは部屋の外側のほうが装飾のように斜めに開口部が狭くなっているが、これって外から中に矢を射掛けやすくしてあるんだよな。

部屋の出口は片方に重厚そうな金属の扉が一つあるだけだし。これはもしや。

「裏口からの侵入者を、ここに留めて撃退する仕組み……？」

「よくお分かりになりましたね。そうです。裏口からあっさり突破されたんじゃダメですからね」

使用人は笑いながら言った。この街の貴族が皆そう、というよりはエイムール家が武勲で身を立ててきた家だからだろう。

使用人にまでその薫陶が行き届いているのはドン引きすべきなのか、感銘を受けるべきなのか、少し迷うところではある。


そのまま俺とリディさんは以前来たときに入った応接間まで通された。「こちらで少々お待ちください」と使用人が退出していく。

相変わらず応接間にしては質実剛健を絵に描いたような内装だが、俺みたいな貴族じゃない人間にとってはこっちのほうが落ち着くからいい。

リディさんと今後について話をするが、うちでしばらく一緒に暮らしていたので、誰が暮らしてどういう生活をしてるか、なんかはとっくにご存知である。

なので、そういう話はちょっとだけするに留めておいて、何がしたいかを聞くことにした。どうやら植物を育てたいらしい。

「畑ならあるんで、そこ使ってもらっていいですよ。広げるなら手伝いますし」

　俺がそう言うと、

「いいんですか⁉」

と目を輝かせる。俺は頷いた。

「むしろ、管理してくれる人がいてくれたら助かります。俺とリケは鍛冶、サーミャとディアナは狩りと採集ですし、ちゃんとした知識がないので、耕したはいいものの植えるものも分からずに放置気味でして」

　だからこそ、ほとんど手入れしなくても平気なペパーミントを選んだのだ。リディさんが来てくれるなら、アドバイスに従って地植えにしなかったのは正しかったな。

「なるほど。じゃあ、任せてくださいね」

「はい。お願いします」


　こうして、我が家の食料確保手段が、狩猟採集と農耕という二本立てで行われる予定になった。

とは言っても、朝植えて夜にはトマトがなっているという話ではないので、しばらくは狩猟採集がメインの確保手段であることに変わりはないし、カミロからの購入も続けないと、仮に畑が上手(うま)くいきはじめても大人五人分の食糧確保は難しいだろう。

そんな話をしていると、マリウスが使用人を二人連れて部屋に入ってきた。さっきまでの豪奢な服や見事な甲冑は脱ぎ捨てて、かなりラフな格好をしている。

「待たせたかな？　それともお邪魔だったかな？」

ニヤニヤ笑いながら、開口一番そんなことを言うので、俺は「どっちでもない」とぶっきらぼうに返した。


「二人とも疲れているだろうし、正直に言えば俺もかなり疲れてるから、さっさと話を終わらせよう」

「そうしてくれ」

「まずは二人に礼を言っておこう。助かった」

マリウスが頭を下げる。外でやったら大騒ぎになるだろうな。伯爵が一介の鍛冶屋に頭を下げる、なんてことは。家の中だからできることだ。

「で、エイゾウについては仕事として依頼した分、ちゃんと形で示さないといけないわけだが」

「ああ」

俺は報酬があるから参加したのだ。まぁ、他の貴族に頼まれたなら断れるなら断ってたとも思うが。侯爵閣下に頼まれた場合は分からんな……。

「まずこれが依頼にあった分の報酬になる」

使用人の一人が革袋と書類、筆記用具を差し出した。中を確認すると、銀貨がたくさん入っている。金貨一枚分よりやや少ない、というあたりだろう。兵士はもう少し少ないのだろうから、ちゃんと修理代も含まれていると見て良さそうだ。

「確かに」

革袋を自分の背負い袋にしまうと、書類にサインをした。報酬を受け取ったことを示す書類で、担当者みたいなところにフレデリカ嬢の名前もある。

これも明日からはじまる彼女の戦争の一ページになるってことか。俺はリスが餌を食べるときみたいに、書類と格闘している彼女を思い返して、心の中で応援を送った。

俺が書類を返すと、マリウスがざっとあらためて、使用人に渡す。


これで俺の仕事も終わり……だと思っていたら、マリウスが更に話を続ける。

「で、こっちが討伐に直接参加してくれた分と、修理の歩合の追加分だ」

もう一人の使用人が小さな革袋を差し出してくる。中をあらためようと持つと、大きさの割にやけに重い。

その中には、金貨がぎっちりと入っていた。

「おいおい、これはどういうことだ?」

「見てのとおり、報酬だよ」

「いや、それは分かるんだが……」

　俺は額の話をしているのだ。何をどうしたら洞窟に潜っていったのと、修理の歩合でこんな量の金貨になるのか。俺がそれを伝えると、マリウスは苦笑しながら言う。

「普段は金、金と言う割に、貰う正当性についてはえらく拘るよな」

「いわれのない金を受け取るわけにはいかないってだけだ」

「めんどくさい職人みたいなことを言うんだな」

「そりゃ、めんどくさい職人だからな」

「そうだった。うっかりしていたよ」

　俺とマリウスは笑いあった。


「それは変な金じゃない。つじつま合わせなんだよ」

「つじつま合わせ？」

　マリウスが頷いて続ける。

「エイゾウには重要なアレを作ってもらったことがあっただろう？」

　アレ……？　ああ、家宝か。リディさんがいるから具体的には言及しないのだろう。

「あったな」

「あのときは不自然にならずに動かせる金額があの額で上限だったが、今回は隠れ蓑がいっぱいあるんでな。あのときに俺が足りてないと思った分が上乗せされている。だからつじつま合わせだよ」

「なるほどね」

あのとき、俺に渡した金額では不足しているとマリウスは考え、今渡そうとしているわけだ。誤魔化し方も深くは聞くまい。大量生産のときに迷惑料名義で貰った分もあるのに、律儀なことである。

ただ、普通の方法ではないだろうから、そういう手段をとってまで用意してくれたのだとすると、これは受け取らないのも誠実ではないようには思う。

「分かった。今回は受け取るよ」

「そうしてくれ。それはエイゾウが受け取るべき正当な報酬だ」

俺は金貨の詰まった小袋を背負い袋に入れた。まさかこんなオッさんの背負った袋に、しばらくは遊んで暮らせるだけの金が入ってるとは誰も思わないだろうな。


「さて。これで報酬周りの話も終わったし、エイゾウは帰るだけか?」

「ああ、もう特に用事はないな」

「とは言っても、今日は帰りつけないだろう?」

「まぁね。宿でも取ろうかと思っているところだよ」

無理に帰れなくはないが、そこまでする必要を感じてはいない。どこかに宿を取って(もちろんリディさんとは部屋は別だ)、明日の早い時間に都を出れば、徒歩でもその日のうちに家にはたどり着けるはずである。

「それならうちに泊まっていくといい。客室も空いてるし。飯でも食べながら話をしよう」

渡りに船ではある。リディさんを普通の宿屋に泊めても平気だろうか、というのは若干心配でもあったし、ここはお言葉に甘えておこう。

「すまないな。じゃあ、そうさせてもらうよ。リディさんもそれでいいですか？」

リディさんは「都のことはよく知らないので」と頷いた。

「それじゃあ、早速だがまずは部屋に案内しよう。頼んだぞ」

後半は来ていた使用人二人にかけた言葉だ。二人は頷くと、「こちらへどうぞ」と俺とリディさんを先導して案内を始めた。


二人とも女性だが、俺のチートが武術に覚えがあることを教えている。生半可な人間が彼女達を押し倒そうとしようものなら、次の瞬間に床に転がっているのは自分だろう。怖いわぁ、このお家。きらびやかさはないが、剛健さのある廊下を進んで、俺とリディさんは別々の部屋に招き入れられる。

「お湯をお持ちしますので、こちらでおくつろぎください」

「ああ、助かります。ありがとうございます」

遠征の間、水で濡らした布やなんかで可能な限り身ぎれいにはしていたが、同じことでも湯でやるのと水でやるのとでは気持ちよさが格段に違う。いずれ家に五右衛門風呂でも作るべきかなぁ……。

お湯と着替え――シンプルな構造のものだったので、着替えさせてもらう必要はなかった――を貰って体を綺麗にすると、人心地がついた。俺の服は今洗えば明日の朝には乾いているだろうという話だったし、洗ってくれるということだったので、お言葉に甘えてお願いしておく。

ベッドにゴロリと横になる。久しぶりのふわっとした感触が心地よい。それにしても、道中の馬車の乗り心地は酷かった。まだこの世界でのサスペンションと言えば、鎖や革紐で吊り下げる懸架式が主流のようだ。

マリウス達ももちろんだが、積み荷や兵隊さん達のことも考えると、カミロには早いところ板バネ式サスペンションを普及させてもらいたい。

そんなことを考えていると、いつの間にか意識が闇の中に消えていった。

「……ま、……さま。……きてください。エイゾウ様！」

ユサユサと俺の体を揺さぶる感覚。せっかく寝てるのに、と思って揺さぶる手をそっと掴む。

「キャッ！」

驚いた声が小さく響いて、俺は目を覚ます。目をまんまるに見開いたエイムール家の使用人と目が合った。俺は自分の肩に置かれたその人の手を上から握っている。

一瞬状態が分からなかったが、すぐに理解して慌てて放す。

「す、すみません！」

「いえ、驚いただけですので、お気になさらず」

俺が謝ると、使用人は微笑んで言った。

「私、どれくらい寝てましたかね」

「一時間かそれくらいだと思いますよ。部屋にご案内したあと、夕食の準備ができてから、こちらに伺いましたので」

「なるほど……。別に手首を極めてくださってよかったのに。そしたら一発で目が覚めました」

「エイゾウ様が不埒なことをするお方なら、遠慮なくそう致します」

使用人はクスリと笑うと、「失礼します」と言って俺の髪をちゃちゃっと触って直し、食堂へ案内をはじめた。


夕食はマリウス、俺、リディさんの三人でとった。話題はどうしても今回の遠征の話になる。俺は洞窟内部での出来事を詳しく語った。マリウスは興味深く耳を傾け、リディさんが時折補足を入れる。

マリウスは指揮のほうの話だ。上は上で、指揮するということが大変なのはよく分かった。

いくら補給や負傷した兵士の管理、小隊ごとの指揮統制はそれぞれ専門がいるとしても、全体の統括指揮はマリウスの仕事だからな。一部をルロイが肩代わりしたところで、最終的に決定しないといけないのはマリウスだ。

今回は目標もはっきりしているし、相手も本拠地を変えるような相手ではなかったから良かったが、魔族や人間相手の戦だったらこうやすやすとはいかないだろう、というようなことをマリウスは言っていた。

戦は世の常だし避けることは難しいだろうから、マリウスには自分を含めて一人でも多く無事に帰還させられる名指揮官になって欲しいものだ。そんなことを思った。

◇　◇　◇

翌朝、かなり早い時間に起きて、出立の準備を整える。今日はようやく家に帰る日だ。もうかれこれ十日間も家を空けていたことになる。

家に帰れるのが確定すると、一刻も早く帰りたくなってくるのはなんでだろうな。それだけあの家が俺の居場所だということか。

マリウスからは朝食も一緒に、と言われていたのだが、昨日の今日では俺以上に疲れているだろうし、その分休めと断っている。その代わりと言ってはなんだが、俺から是非にとお願いして、朝食は使用人の人達と食べることになったのだ。

もちろん使用人用の食堂の場所は知らないので、自分に充てがわれた部屋の外で待つことにする。

部屋の外に出ると、同じく準備を終えたらしいリディさんが立っていた。

「リディさん、おはようございます」

「エイゾウさん、おはようございます」

二人で朝の挨拶を交わす。家に帰りついた瞬間から、リディさんはうちの家族ということになる……はずだ。他の三人が拒否しなければの話ではあるが、三人とも普通に受け入れるだろうとは思っている。

種族も立場も違う五人で仲良く朝の挨拶と神棚に手を合わせることができたら、これほど良いこともない。


益体もない話を二、三したところで、使用人がやってきた。ボーマンさんだ。確かこの家の使用人の中では結構偉いほうの人で、恰幅(かっぷく)がいい男の人だからよく覚えている。

「おはようございます、ボーマンさん」

俺は挨拶をする。ボーマンさんは少し驚いたような顔をして、

「おはようございます。エイゾウ様、リディ様。エイゾウ様が私(わたくし)の名前を覚えておいでとは」

と挨拶を返してくれた。

ああ、使用人の名前なんか普通は覚えないのか。でも俺はこの世界だと家名持ちではあるが、貴族ではないからな。

「そりゃ、名前を教えていただいたんですから、覚えてないと失礼でしょう?」

「そんな滅相もないことです」

ご主人様のご友人だからそれなりの地位にいるんだろう、と想定するのは全くおかしいことではないのだが、俺は公的には完全に何の立場もない鍛冶屋のオッさんだからなぁ。

恐縮したおすボーマンさんをなだめつつ、俺とリディさんは使用人用の食堂に案内してもらった。

使用人用の食堂には、朝から仕事のある人と非番の人以外は、朝食時全員集まることになっているらしい。

ただ、非番の人も大抵朝はいつもどおりの時間に起きるので、結果今仕事がある人以外はほぼ全員が集まっていることになる。

エイムール邸はめちゃくちゃに広い家ではないが、それでも伯爵家の家屋である。二桁に近い人数が集まっていた。遠征隊にいたマティスの姿も見える。彼はこの屋敷の馬番だからな。

皆が俺が鍛冶屋に身をやつした元貴族だと思っているとすると、状況的に前の世界で話のテンプレにある「世間知らずのお嬢様がハンバーガー店に行きたがる」みたいなことにちょっとなってしまっているが、気にしないほうが良さそうだ。

朝食のときに若い女の子に聞かれたので、遠征のときの話をした。お転婆はエイムール家の気風なのだろうか、陣地での暮らしよりも最後の洞窟制圧の話を聞きたがった。

エイムール家の使用人ではあるが、念の為ホブゴブリンを倒したのが俺だということは言わないでおいた。「暗かったし、隊長だったか他の誰だったか分からない」ということにしてある。リディさんはやや不満げだったが、理由はきっと理解してくれるだろう。

朝食を終えて、使用人達の仕事の邪魔にならぬよう（ボーマンさんに言わせれば「お客様のご出立をお手伝いするのも仕事です」ということだが）、さっさと出立することにする。


そこへ、見知った顔が現れた。

「カミロじゃないか」

「おう、昨日こっちで都合があってな。討伐隊が戻ってきたって聞いたんで、今日戻るならついでに送ってやろうか聞きに人をやったら、もう出発するって言うもんだから慌てて来たんだよ」

「ああ、それはすまないことをしたな。徒歩で帰るつもりだったもんでな」

「で、一緒に帰るか？」

「そうだな。お言葉に甘えさせてもらうよ」

マリウスといい、カミロといい、持つべきものは人の縁である。


俺とリディさんでカミロの馬車に乗る。ギリギリで起き抜けのマリウスがやってきたので、一時の別れの挨拶だ。

「それじゃまたな」

「ああ。またな、エイゾウ」

手を振るマリウスとボーマンさん達使用人に見送られて屋敷を出る。見知った馬車からの風景が流れていき、外街に差し掛かり、そこそこ早い時間だというのに賑やかな道を抜けて、外壁の門を出る。俺は振り返ってそびえる外壁と城、その背後の山脈を見やった。

次にここに来るのはいつになるだろうか。そのときはおやっさんの店に立ち寄ってみたいものだ。


中にたっぷりと水を抱え、重そうにしている雲が遠くを流れていく。こちらには乳白色の空が広がり、草原とのコントラストを描いていた。いつものとおりの街道である。

道中、カミロにも遠征について色々聞かれた。ホブゴブリンの話はカミロにも倒したのが誰かは言わないでおいたが、多分カミロのことだから察してしまうだろう。だが、彼ならエイムール家の不利になるようなことはすまい。


カミロの馬車から降りて、もはや勝手知ったる森の中を進んでいく。時折、リスみたいな小動物が木の上にいたりする。見るとフレデリカ嬢を思い出すが、これは流石に失礼だろうか。

途中で狼や熊に出くわさないといいなと思いながら歩いていると、遠くから猛然とこちらに近づいてくる音が聞こえた。たまたまこっちに走っているのではなく、確実に俺達がここにいるのが分かっていて、ここを目指している。

俺はショートソードを抜いて、何が来るのかを見極めようとした。

下生えをものともせずにこちらに向かってきた足音の主は、いよいよ俺の前に姿を現した。

虎のような獣人の女性――。

「サーミヤじゃないか」

俺は構えていた剣を鞘に収めた。緊張が一気に解けて、その分の疲労感がどっとやってくる。サーミヤは俺に近づくとポコポコ俺の胸を殴り始めた。本気ではないのだろうが割と痛い。

「痛い痛い。なにするんだ」

「拗ねてる……というか、どうしたら良いのか分かってないのよ」

突然別の方向から声がした。ディアナだ。彼女はチラリとリディさんのほうを見ると、軽く会釈をした。その後ろにはクルルもいる。

俺は無言で殴り続けるサーミヤの拳を、手のひらで受け止める。


「狩りの途中だったのか」

「ええ。サーミヤったら、〝エイゾウの匂いがする〟って言ったかと思うと突然走り出すんだもの」

ディアナは完全に呆れた様子である。サーミヤが森を走るのについてきたにしては息がそんなにあがってない。体力がどんどんついてきているのか……。いや、それはともかくとしてだ。

「どうしたら良いかってのは？」

「結構長いこと帰ってこなかったんだもの。久方ぶりで嬉しいけど、どう甘えていいか分からないってとこでしょ」


その言葉でサーミヤは一瞬動きを止めたかと思うと、一発バシッと俺の手のひらに思い切りパンチを放った。

「痛(いて)ぇ！」

「フン。今度はもっと早く帰ってこいよな」

サーミャはそれだけ言うと、踵(きびす)を返してノシノシという音が聞こえるかのように歩いていく。あの方角は家のほうだな。

「いいのか？」

どうやら、サーミャは今日の狩りを中止するつもりのようなので、クルルに頭を擦り付けられながら、俺はディアナに聞いた。

「大物はこの間仕留めたし、明日になっても十分余裕はあるから平気よ」

「それならいいか」

俺もサーミャが久方ぶりに帰ってきた、とかだったら仕事をほっぽり出して迎えに行くもんな。

それじゃ、お言葉に甘えて一緒に帰るか。

「おい、そんなに速く歩くなよ！」

俺はサーミャにそう声をかける。

「分かってるよ！」

俺の言葉でサーミャは歩調を緩めた。

「いくらリディさんが森歩きに慣れてると言ってもねぇ」

ディアナがそうリディさんに話しかける。この状況なら、事情は大体分かってるか。

「いえ、私は……」

〝黒の森〟には慣れてない、と言おうとしたのだろうか、それを遮るかのように、サーミャの声が響く。

「急ぐなつっても、チンタラしてたら日が暮れるぞ！　リディも！」

どうやらサーミャも事情は分かっているらしい。もう完全に家族に言うような感じだった。

「はい！」

少し嬉しそうなリディさんの声を合図に、俺達五人は家路を進んでいった。

勝手知ったる森の中、見覚えのある木を見つけるたびに、帰ってきたんだなという実感が湧いてくる。久しぶりの帰宅に感傷的になっているのはサーミャだけではないらしい。

家に着いて、玄関の扉を開けた。少しくぐもった鳴子の音が響く。パタパタと音がして、作業場に続く扉から出てきたのはリケだ。

「サー……親方！　おかえりなさい！」

サーミャ達が予定外に早く帰って来たと思ったらしいリケは、びっくりした様子だったがすぐに駆け寄ってきた。流石に殴ったり抱きついたりはしてこない。

「ああ。ただいま」

俺は返事をしながら、家に帰ってきたことを噛み締めていた。今回は多少の怪我はあるにせよ、ほぼ無傷で帰ってくることができたが、次やその次があったときにそうできるとは限らない。

せっかくの二度目の人生なのだ、大事にしていかないとな。

「さて、改めてというか、見れば分かるから今更ということにはなるが」

荷物を下ろしてすぐに今のテーブルに集合した皆を見回して俺は言う。

「リディさんがうちの家族に加わることになった。詳細はあとで話すが、どうか承知して欲しい」

そんなことはないと思うが、万が一にも嫌がられたらどうしよう。そう思って、サーミャ、リケ、ディアナの三人の表情を窺うと、呆れたようなニヤけているような表情をしている。

「絶対こうなると思ったんだよ」

「親方だもんねぇ」

「そうねぇ。エイゾウだものねぇ」

納得の仕方に引っかかるものはあるが、拒否ではないのでホッとした。

「それじゃ、リディさん、いや……」

家族になったのだから敬語はなしだ。親しき仲にも礼儀ありとは言うが、これは礼儀の範囲から外してしまおう。それがエイゾウ工房の流儀だからな。

リディ以外の四人の声が重なる。

『エイゾウ工房へようこそ、リディ』

エピローグ　規則の悪魔

フレデリカ・シュルターは魔物討伐隊に従軍した。王国からの派遣で、戦地での出納係である。

現場での様々なあれこれも大変だったが、本当に大変なのはこれからだ。

それは本来の業務である税関連の取りまとめ作業を向こう一ヶ月は免除されていることからも分かる。

その間に何をするのかといえば、遠征にかかった費用をまとめる作業だ。

食料、水、馬とその飼い葉にはじまり、兵士に支払う褒賞の一部（残りはエイムール伯爵が支払う）や、従軍させた一般人への褒賞などなど、計算しなければならないものは多岐にわたる。

今回の従軍にあたり、過去の資料をいくつか見せてもらった。基本的には食料が大半を占めることは今回も変わらない。

だが、どうにも計算がおかしいように思う。合計した金額が不自然に少ないように感じるのだ。

基本的に同じ規模で、成功失敗も同じであれば、かかる金は大体同じになる。それが合わないということは、何かが少ないはずである。

「かかる金が少なかったのなら良いことではないか」という向きもあろうが、かかるはずの金がかかっていないのは、普通に考えて本来払うべきだったものを払えていない、ということに繋がってしまう。

それは王国としては伯爵家に対する大きな貸しにもなりかねない。フレデリカは早急に調べる必要があった。

結論としては、何も問題なかったと言うよりほかない。全ての記録が合計金額の正しさを示していた。

つまり、何が少ないのかは分からないが、何かが少ないのだ。フレデリカは過去の資料を引っ張り出し、突き合わせてみた。

「なんとなく、そうではないかと思ってましたですが」

フレデリカはある項目に釘付けになった。そこには修理費とある。

「やっぱり、エイゾウさんでしたですね……」

他の遠征ではもう少しかかっている修理費が、頭一つ分ほど少ないのだ。資料に付されていた明細を確認すると、過去の遠征では真実かどうかはさておき修理の数が多く、それが費用を押し上げていた。

翻って今回の明細を見る。数としてはそれなりに多いが、他と比すると格段に少ない。

もちろん、それをエイムール伯爵の私兵達の練度に求めることもできなくはないだろう。速成にしては練度が高かったのは確かだ。

それでもどうしても出てしまうもの、以上の修理が行われていない。

今回の従軍で使っている剣はエイゾウが作ったものである、と聞いている。

であれば、もう原因はそこにしかないだろう。フレデリカはそう思った。


「どうしましょうかね……」

フレデリカは大きくため息をついた。記録を改ざんすることはできない。それは王国でも普通に犯罪である。

かと言って、全ての記録を残してしまえば、あの気の良い鍛冶屋は戦や討伐のたびに駆り出されることになるだろう。おそらくそれは望んでいまい。

無意識に椅子の上に敷いてあるクッションに手が伸びる。あのときにエイゾウから貰(もら)って以来の愛用品になったそのクッションだ。


フレデリカは悩んだ末、一つの手段をとった。エイゾウの名前を記録に残さないことにしたのだ。

彼は討伐にも参加した。つまり軍事行動にも従事したことになる。そこでフレデリカは形骸化していた規則を持ち出し、彼の名前自体を軍事機密として伏せることにしたのだ。


「エイゾウさんは知らないところですけど、これは貸しにしておきますです」

フレデリカはそう独りごちた。

王国のあらゆる法と規則を知悉（ちしつ）し、無茶（むちゃ）を道理に変えて通し、道理を無茶に変えて突っぱね、王国の利益と、本人は決して語らない誰かのために尽力した、その二つ名を「規則の悪魔」と呼ばれるフレデリカ・シュルター。

本人もこの時点では知るよしもなかったが、これはその最初の仕事となるのであった。

出会いの物語④　ただ強くなるために

「クソッ！」

褐色の肌をした女性が、苛立ちを隠さずに廊下の壁を殴りつける。ドン、と鈍い音がして、石造りの壁の表面が、少しばかり失われた。

彼女が最後に出た哨戒任務。物的損害は多大であったが、人的被害はほぼない。その意味では失敗でも成功でもないと言えるだろう。

しかし、何より大きな被害は女性——彼女は魔族で名をニルダと言った——のプライドである。一言で言えば、完敗であった。人間相手にほとんど手も足も出なかった。

相手が魔界で最強の魔王であるならまだしも、大抵の人間に後れをとるようなことはない、そう思っていたのに。

ニルダの部下達は一呼吸もせぬうちに武器を壊され、当て身で気絶させられた。当のニルダも武器を壊されてはどうしようもなかった。

命を失うことも覚悟したが、彼女達を打ち倒した赤毛の女は命を奪うことはしなかった。……それもまた、ニルダにとっては屈辱ではあったのだが。

そうして、おめおめと生き延びてしまい、厳罰を覚悟して、魔王に事の顚末を委細漏らさず報告した。居室にて書類に目を通していた魔王は、チラリとニルダを見やると一言、「そうか」と言っただけで、後はもう関心を失ったように、再び書類に目を落とす。

そして今、その魔王の居室から自室へ戻る途中だ。

思えば、魔王が落胆も何も示さなかったことこそが、一番のショックだったかも知れない。たとえそれが魔王なりの気遣いだったとしても、だ。いっそ激昂した魔王に叱り飛ばされたほうがマシだった。

そんな、ジクジクとした痛みを胸に抱えながら自室に戻ったニルダは、これからについて考える。

今回の件については、実際には魔界にとってさしたる問題ではないのも確かだ。人的損害はほぼない。一番重傷の者でもしばらく休めば復帰できるだろう。

物的な損失については言わずもがなである。また作ればいいだけの話でしかない。

しかし、だからと言ってもニルダの失態であることには変わりない。

であれば、自ら隊長の任を降り、少しの暇を貰うのはどうだろうか。そして、あの赤毛の女が言っていたように、同じ武器を探すのだ。正確には、その武器を打った鍛冶屋をだ。

よし、早速明日からでも出立しよう。そう決めたニルダは、早々に床につく準備をはじめた。

翌朝、不思議とスッキリした気分で起床したニルダは、朝食もそこそこに魔王の居室へ向かう。

目が冴えるからと好んで飲んでいる茶を啜りながら、魔王は目を瞑り、ニルダの言い分を静かに聞いていた。

ニルダが一通り主張を終えると、魔王は静かに目を開けて口を開いた。

「本当に武器で解決すると思うか？」

「それは……」

ニルダは口ごもった。自分達の敗因は武器によるものも大きいとは言え、それだけではない。一番の要因は速さだ。

あの途轍もない速さこそが、あの女の強さだ。確か……女の仲間らしき兵士が来たときには〝迅雷〟と呼ばれていた。あの速さを考えればなるほど、迅きこと雷の如しだ。

あの速さか、それに類する何かがなければ、武器の性能だけを等しくしても意味はあるまい。

だが、しかし、それでも。

「それだけで解決せぬことは承知の上です。彼の者の素早さを今から私が身につけることは不可能でしょう。しかし、武器だけでも等しくあれば、あとはその素早さを補うような何かを私自身で見つけだし、勝てぬまでも負けぬようにはなれるものと思っております」

ニルダはほとんど睨みつけるように魔王を見て言った。その瞳を魔王は正面からじっと見返す。

一瞬のような、永遠のような時間が魔王の居室を流れる。ニルダは自分の汗が流れ落ちる音を聞いたような錯覚さえ抱く。

「フフッ」

魔王は相好を崩した。ニルダの表情は疑問に染まる。

「許せ、思いの外良い答えが返ってきたものでな」

「いえ、お気になさらず」

「ただの復讐心や、新しい玩具が欲しいだけなら、お前を解任してでも止めようと思っていたがな」

「では」

「お前の成長は我々にとっても有用だ。実を言えば、そもそもお前の隊の者にはしばらく休養を与えるつもりであった。大なり小なり皆傷ついておるのだろう？」

「ええ。酷い者でも治るのに一月もかからない程度ではありますが」

「ならば、一月ほどお前にも暇を与える。その間、隊は私が預かろう。どこへなりと探しに行くが良い」

「ありがとうございます！」

ニルダは跪き、魔王に感謝の意を示した。魔王は満足そうに頷き、それ以上は何も言わなかった。

その日の太陽が中天に差し掛かる頃、旅装を纏ったニルダは魔界と他国の国境に立っていた。

一度もこの外に出たことがないわけではないが、それでも若干の緊張を覚える。

意を決し、ニルダは一歩を踏み出した。魔界どころか、この世界の命運を分ける、その一歩を。

出会いの物語⑤　エルフの里の緊急事態

「これは多そうだな……」

眉をひそめて、若い男が呟いた。以前からこの洞窟では度々魔物が湧いていたのだが、今回様子を見にきてみると、以前よりも異様に増えているように感じたのだ。眉をひそめた眉目秀麗なその顔には長い耳があった。

男は若く見えるが、齢にして既に三〇〇歳を超えている。男はすぐ近くにあるエルフの里の長であった。

「早めに手を打たねばならんな」

村長は独りごちた。少ない数の魔物であれば、すぐに片付けられる。なぜなのかは未だに判明していないのだが、魔物達は澱んだ魔力から発生する。

発生した後、魔物が呼び水になって魔力が澱み、そしてその魔力が更に魔物を発生させるという循環を生むのだ。

そうなると際限なく増えてしまい……いずれ里を呑み込む規模になるだろう。澱んだ魔力によって魔物に変異させられてしまった動物はいざ知らず、この洞窟に湧く魔物はただ生命あるものを殺してまわるだけだ。

一言で言ってしまえば、里が滅びるということである。それは何においても避けねばならない事態だ。

長は急いで洞窟を離れると、里に向かって走り出した。一秒でも早く、魔物を殲滅して里に安寧をもたらすために。

◇◇◇

「本当なの？」

「ああ。残念だが、もしかすると大物もいるかも知れない」

私は慌てた様子で家に戻ってきた兄――兄はこのエルフの里の長だ――を迎え、その理由を聞いて愕然とした。

二〇〇歳にもならない私は、兄が大物と呼ぶような魔物を見たことはない。

だが、幼い頃に見たことがあるという兄の慌てぶりを見れば、どういう事態なのかはすぐに理解できた。

兄が里の宝剣を取りに走ると同時に、私は自宅のそばに備え付けてある木の板に走り、そこにある槌で力一杯木の板を叩いた。

私の力でも、十分に響くよう設計されたその音は、里全体に鳴り響く。そう大して時間が経たないうちに、広場には武装した里の人々が集合していた。

　エルフは死ぬまで見た目が若いため分かりづらいが、老若男女分け隔てなく、戦えるものは全てが集まっている。いずれも私がよく知る人達ばかりだ。

　里を守るため、みんなが集まってくれた。私はそんな単純なことに少しばかりの感動を覚える。

　中には幼馴染みのシーラの姿もあった。

「シーラ！　来てくれたのね！」

「もちろん、里の一大事ですもの。ということは幼馴染みの一大事でしょ？」

　そう言ってシーラは私にウィンクをする。この場に幼馴染みがいてくれて、私は心強さを覚えた。

　みんなが集まったところへ、ミスリル製の宝剣を携えて兄がやってきた。あの剣の本当の使い方を知っているのは、兄と私の他には数名しかいない。

　なるべくなら、本来の使い方をせずに済めばいいのだが。

「洞窟にて魔物の大量発生と思しき事象を確認した。もしかすると、大物が発生しているかも知れない」

　集まった里の人達に、兄が説明をする。数名が息を呑んだ。大物の恐ろしさを知っている人達だ。

　私の他にも何人かいる、大物をよく知らない人達もそれで事態を察したようで、みんなの目つきが一気に変わる。

「事は一刻を争う。今すぐにも向かいたい」

兄がそう言うと、全ての人々が頷く。それを見た兄も力強く頷くと、洞窟へ向けてみんなで歩き出した。

もちろん、私も一緒だ。みんな大なり小なり魔法を扱えるが特に兄と私、そしてシーラは魔法の扱いに長けている。シーラは今回、里のほうで何かあったときのための用心として残っている。

私はいざとなれば、その魔法で大物と対峙しなければいけないのだ。そう思うと背筋に冷たいものを感じずにはいられないが、里の存亡がかかっている。

そして何より、私は長の妹なのだ。怖いからと家に引きこもっているわけにもいかない。

そう決意して、私は周りに注意を払いながらみんなの後ろをついていった。


洞窟での戦いは壮絶の一言だった。兄が少し離れ、私達が準備を整えている間にも、状況は悪化していたのだ。

既に相当数の魔物が発生してしまっていた。過半数が雑魚であるとは言っても、曲がりなりにも魔物だ。森の動物を狩るときのようにはいかない。相手の数を減らしつつも、三人傷つき、二人倒れとこちらも数を減らしていく。

それでもなんとか、少しずつ相手の数を減らしていき、このままならなんとかなりそうだぞとみんなが思い始めたとき、〝ヤツ〟が現れた。


「グオオオオオオオオオッ！」

咆哮(ほうこう)と共に洞窟の奥から現れたのは、男性を縦に二人並べてようやっとと言うような身長に、鍛えあげられた肉体を持つ魔物。

額に角の生えたそいつは、巨鬼(オーガ)と呼ばれていた。

「クソッ！　巨鬼とはついてないな！」

私と一緒に何匹かの魔物を倒した兄が悪態をつく。剣を持っていた何人かが対応しようとするが、巨鬼が腕を振るうたびに倒れ伏していった。

私と兄で魔法も使って牽制(けんせい)するが、湧いている魔物は巨鬼だけではない。そちらにも手を割かねば、巨鬼を倒すことは難しいだろう。

逆にここで巨鬼を倒してしまえば、この領域に漂う澱んだ魔力を一気に減らすことになる。

そうすれば、形勢は一気に逆転する……のだが。

「まずいな……」

大きな澱んだ魔力は、更なる澱んだ魔力を呼ぶ。今も私と兄の目の前で、新たな魔物が生まれようとしていた。


「リディ、時間を稼いでくれ」

「分かった。でも、兄さん……」

「心配するな、宝剣は使わんさ」

私の言葉に兄はニヤリと笑った。宝剣の本当の使い方——命と引き換えに宝剣に蓄えられた魔力を解放すること――をすれば決着はつくかも知れないが、今の里は放棄せざるを得ないかも知れない。

　それを避けたいのは自分だけではないと知り、私は安心して〝小火〟や〝光弾〟、〝鎌鼬〟といったごく小さな魔法をいくつも使う。小さな火が弾け、光の弾が飛んでいき、風が切り刻もうと襲いかかる。

　いずれも巨鬼にほとんどダメージを与えはしないが、倒れる里の仲間の数は少し減っているし、兄への攻撃も防げている。

　当たり前だが、私へも攻撃の気配がある。だが、その都度仲間達が横槍を入れてくれて、私への影響はごくごく僅かだ。

　傷つきながら、あるいは死の覚悟すらもしながら援護してくれている仲間達に心の中で感謝をしつつ、私は魔法を当て続けた。

　それをどれくらい続けただろう。もう記憶では曖昧になるくらいの時間が過ぎて、兄が叫んだ。

「みんな伏せろッッ‼」

　その言葉で、魔物でない者は全員が伏せた。私も伏せつつ振り返る。兄と目が合った。

　兄は寂しそうに、一瞬だけ微笑む。その手は腰の剣にかかっている。

「兄さん！　ダメ――――ッ‼」

　そう叫びながら、体を起こそうとしたその瞬間、兄が宝剣を抜き放ち、世界の全てが轟音と光に包まれた。

気がつけば、ほとんど全てが終わっていた。近くに動いている魔物はいない。巨鬼もその姿を消している。そして、兄も。

砕け散った宝剣だけを残し、兄は文字通り跡形もなく消えてしまったのだ。それがかえって兄が何をしたのかを物語っている。

私は兄が残した宝剣の破片を慌ててかき集めた。落ちている石塊も混じってしまったが、構うものか。あとで弾けばいいのだ。

宝剣を全て回収し、改めて辺りを見回すとそこかしこに傷ついた仲間達が座り込み、あるいは横たわっている。

私はみんなに声をかけた。

「まだ魔物が少し残っているようですが、一旦ここは退(ひ)きましょう！　このままですと、ここで全滅しかねません。残ったものは後日改めて討伐しにきます！　必ず！」

みんなからは賛同の声が返ってくる。私達はお互いに肩を貸したり、あるいはおぶったりしながら、里へと戻った。

必ず、宝剣を修理し、ここへ戻ってきて全てを討伐する。そう心に誓いながら。

でも、私はこのときまだ知らなかった。この後に出会う鍛冶屋に、大きく人生を変えられてしまうことを。

◇　◇　◇

「それで、エイゾウ氏の工房にたどり着いたと」

「ええ。途中で最近ミスリルを扱ったという商人を教えてもらいまして」

「それが今や知らぬ者のいないベルトラン商会を立ち上げた、カミロ＝ベルトラン氏だったわけですね？」

「そうですね」


ふんわりと懐かしそうな目をしながら、リディさんは微笑んだ。

彼女も姓はタンヤを名乗っている。エルフにドワーフのような工房名を名乗る習慣はないから、これは噂(うわさ)どおりエイゾウ氏が全員を娶(めと)った可能性があるなと思ったが、「一時はドワーフとも家族でしたし、あそこは鍛冶屋でしたので」とはぐらかされてしまった。

一応聞いてみたがエイゾウ氏の消息もはぐらかされた。「どちらとも言わない、というのが約束ですので」とはリディさんの言である。

私は渋るリケさんからしつこく聞き出し、ここにたどり着いていた。

ここはエルフの村だ。もう相当に歳(とし)をとっているはずなのに、どう見ても若い娘にしか見えない彼女——リディさんに会うまでにも相当の時間を費やした。

更にそこから話を聞くまでに、いくばくかの時間が必要になったが。

そして、私は彼女に話を促す。もはや伝説と言っていい鍛冶屋の話を。

彼女は、幸せをなぞるように、再び話を始めるのだった。

あとがき

はじめましての方ははじめまして、三度目の方は三度目まして。余りおられないとは思いますが、二度目ましての方もおられるのでしょうか。厄年オーバー兼業ラノベ作家たままるでございます。

大変ありがたいことに皆様からご好評いただきまして、二巻発売時点で三巻の刊行が決定し、こうして三巻でのお目見えがかなっております。ありがとうございます。


さて、とうとう三巻になるわけですが、今回はＷｅｂ版とは大きく異なる展開となっております。

前巻でもリディが帰る前に釣りに行ったりと、話の流れ自体は変わらない変更や修正などはあったのですが、三巻では流れ自体を入れ替えております。

最終的な帰着としては同じではありますが、前提なんかが変わっています。今回で言うとリディがいないので、エイゾウたちから見たクルルは不明点が結構残ってしまってます。

改稿の際にはそのあたりの「知ってる／知らない」や人数なんかの辻褄をあわせるのに必死でした。

こういうのがあると、「Ｗｅｂ版と書籍版でキャラクターを増やしたり減らしたり、話の流れ自体を大きく変えている先生方は凄いなぁ」と思ったりしますね。いや本当に凄い。

さて、そんなリディ、Ｗｅｂ版をご覧の方は感づいておられたかと思いますが、二巻三巻とまたいでの登場となりました。二巻に彼女の出会いの物語がなかったのは、三巻で出る予定だったからです。

実は彼女も家族としては再登場しない可能性がありました。基本的にはあの世界でのエルフの説明をするというだけのキャラクターで、村へ帰って以降は時々顔を出して魔力や魔法周りのアドバイスをする、みたいな。

しかし、エイゾウ工房には「森の専門家」「鍛冶の専門家」「社会の専門家」がいるので、ここで「魔力・魔法の専門家」も必要であろうとの判断で再登場、そのためには……ということで、やや大がかりな話が用意されてしまいました。

もうちょっと軽い話になるはずだったんですけどね。本当ですよ？　〝黒の森〟で鍛冶をしていればそれだけで食っていけるエイゾウを、引っ張り出すにはあれくらいでないとダメで、それにはそれなりの人数も必要になり、補給部隊のメンツが登場したわけです。

フレデリカ嬢について、読者の皆様が仰りたいことはなんとなく分かっております。私もＷｅｂ版や今回の改稿で最後の最後まで迷いました。

しかし、涙を飲んで見送ったのです。そう、眼鏡を。

あの世界では凸レンズはともかく、凹レンズはそんなに普及していないだろうと。

まぁ、普及はせずとも原型はすでに登場していると思います。ただ、あまり上級貴族の娘というわけでもないフレデリカ嬢がそれを持っているのは違和感があるな、と見送りになりました。

後年〝規則の悪魔〟になった時代なら、かけている可能性はありますので、その時を書く機会が巡ってくれれば、是非かけているところをお見せできればなぁと思います。

……多方面に色々お願いしないといけないですが、頑張ります。


本巻ではさらにもう一人のヒロイン、と言って良いんでしょうか、ニルダが登場しますが、彼女は割と早い段階から出てくることが決まっていました。

今回のプロローグと出会いの物語をお読みいただくとお分かりかと思いますが、ニルダは魔王とエイゾウをつなぐキーパーソンになります。その役割もあって、早めに登場が決まっていたのです。

勇者とエイゾウをつなぐキーパーソンはWeb版には登場せず、書籍版一巻のエピローグに出てきましたね。一巻は好評発売中ですので、一巻をまだ読んでないという方はご購入いただいて読んでくださると大変嬉しいです（宣伝です）。

本作が第四回カクヨムWeb小説コンテストで異世界ファンタジー部門大賞を受賞し、書籍化の運びとなり、イラストレーターがキンタ先生に決まったとき、ニルダを描いていただけるまでは続くようにせねば、と密やかに決意していたのですが、今回でそれが叶って一つ目標を果たしたということにはなるでしょうか。なるのかな？　なると思います。

もちろん、本作はまだまだ続きます。カクヨム様や小説家になろう様で連載中のＷｅｂ版ではかなり先の章を連載中です。もしかすると、読者の皆様が気になっているアレコレも進んでいるかも知れませんので、先が気になる方はぜひご覧いただければと思います。

書籍版も皆様のご声援があれば、さらに続けられますので、もしこれを書店で読んでいる方は是非そのままレジまで持っていってくださると大変ありがたいです。

以下は謝辞になります。キンタ先生には今回も素敵なイラストを手がけていただきました。毎回ラフと完成版と見るのを楽しみにしております。ありがとうございます。

日森（ひもり）よしの先生には素敵なコミカライズをご担当いただいております。毎月の楽しみです。ありがとうございます。ＷＥＢデンプレコミック様他にて連載中ですので、皆様も是非ご覧いただければと。

担当Ｓさんには今回もご尽力いただきました。ありがとうございます。

友人達、実家の母と妹、猫のチャマとコンブにも元気をもらっています。

そして、ここまで読んでいただいた読者の皆様にも最大級の感謝を。

それでは、お会いできましたら次は四巻のあとがきでお会いしましょう！

カドカワBOOKS

鍛冶屋ではじめる異世界スローライフ　3

2020年10月10日　初版発行

著者／たままる

発行者／青柳昌行

発行／株式会社KADOKAWA

〒102-8177
東京都千代田区富士見2-13-3
電話／0570-002-301（ナビダイヤル）

編集／カドカワBOOKS編集部

印刷所／大日本印刷

製本所／大日本印刷

Printed in Japan
ISBN 978-4-04-073826-0 C0093